AMARES

Livros do autor publicados pela **L&PM** EDITORES:

Amares
Bocas do tempo
O caçador de histórias
De pernas pro ar: a escola do mundo ao avesso
Dias e noites de amor e de guerra
Espelhos – uma história quase universal
Fechado por motivo de futebol
Os filhos dos dias
Futebol ao sol e à sombra
O livro dos abraços
Mulheres
As palavras andantes
O teatro do bem e do mal
Trilogia "Memória do fogo" (Série Ouro)
Trilogia "Memória do fogo":
    Os nascimentos (vol. 1)
    As caras e as máscaras (vol. 2)
    O século do vento (vol. 3)
Vagamundo
As veias abertas da América Latina

EDUARDO GALEANO

AMARES

A L&PM Editores agradece à Siglo Veintiuno Editores pela cessão da capa e das ilustrações internas deste livro.

Texto de acordo com a nova ortografia.

Título original: *Amares*

Primeira edição: inverno de 2019
Esta reimpressão: outono de 2023

Tradução: Eric Nepomuceno; Sergio Faraco; Sérgio Karam (ver p. 355)
Projeto gráfico da capa: Tholön Kunst
Adaptação da capa: Eugenia Lardiés
Ilustrações de capa e miolo: Tute
Revisão: Jó Saldanha

CIP-Brasil. Catalogação na publicação
Sindicato Nacional dos Editores de Livros, RJ.

G152a

Galeano, Eduardo, 1940-2015

    Amares / Eduardo Galeano; [ilustração Tute]; [tradução Eric Nepomuceno, Sergio Faraco, Sérgio Karam]. – 1. ed. – Porto Alegre [RS]: L&PM, 2019.
    360 p. : il. ; 21 cm.

    Tradução de: *Amares*
    ISBN 978-85-254-3878-2

    1. Ficção uruguaia. I. Tute. II. Nepomuceno, Eric. III. Faraco, Sergio. IV. Karam, Sérgio. V. Título.

19-58154   CDD: 868.993953
                  CDU: 82-3(899)

Leandra Felix da Cruz - Bibliotecária - CRB-7/6135

Copyright © 2018, Eduardo Galeano
All rights reserved

Todos os direitos desta edição reservados a L&PM Editores
Rua Comendador Coruja, 314, loja 9 – Floresta – 90.220-180
Porto Alegre – RS – Brasil / Fone: 51.3225.5777

PEDIDOS & DEPTO. COMERCIAL: vendas@lpm.com.br
FALE CONOSCO: info@lpm.com.br
www.lpm.com.br

Impresso no Brasil
Outono de 2023

Sumário

Nota do editor argentino – *Carlos E. Díaz*..................9

Amar a mares..................11
Os amantes, **13**. O amor, **14**. A noite/1, **16**. O medo, **17**. A noite/2, **18**. Mulher que diz tchau, **19**. As formigas, **20**. Amares, **21**. Buenos Aires, março de 1976: Os negrores e os sóis, **22**. Homem que bebe sozinho, **24**. 1564, Bogotá: Desventuras da vida conjugal, **26**. A viagem, **28**. Cinzas, **29**. Causos, **37**. O resto é mentira, **39**. A pequena morte, **47**. Adeus, **48**. Crônica da cidade de Havana, **49**. Palavras perdidas, **51**. Fevereiro, 7: O oitavo raio, **52**. Confusões de família, **53**. Castigos, **54**. História do outro, **55**. Janela sobre uma mulher, **57**. Janela sobre a arte, **58**. Bésame mucho, **59**. Celebração das contradições, **60**. Janela sobre a história universal, **61**

Os deuses e os demônios..................63
A criação, **65**. O falar, **66**. Teologia/1, **67**. Teologia/2, **68**. Teologia/3, **69**. Exu, **71**. Maria Padilha, **72**. Cerimônia, **73**. 1542, Rio Iguaçu: A plena luz, **76**. 1605, Lima: A noite do Juízo Final, **77**. A Pachamama, **79**. A terra pode nos comer quando quiser, **80**. 1774, San Andrés Itzapan: *Dominus vobiscum*, **84**. 1957, Sucre: São Lúcio, **86**. Promessa da América, **87**. Novembro, 2: Dia de Finados, **88**. Junho, 29: O Logo Aqui, **89**. Repita a ordem, por favor, **90**

A pegada e o pé..................91
A desmemória, **93**. As cores, **94**. Eles vinham de longe, **95**. 1523, Cuzco: Huaina Cápac, **97**. 1524, Quetzaltenango: O poeta contará às crianças a história desta batalha, **99**. E se por acaso perdes a alma..., **101**. Os chapéus, **103**. 1984, Rio de Janeiro: Desandanças da memória coletiva, **104**. 1984, Favela Violeta Parra: O nome roubado, **105**. 1984, Tepic: O nome encontrado, **106**. 1562, Maní: Se engana

o fogo, **108**. 1760, Bahia: Tua outra cabeça, tua outra memória, **110**. Abril, 5: Dia da luz, **111**. A viagem, **112**. Janela sobre a memória, **113**

Ajudando a olhar 115
O teatro dos sonhos, **117**. A função da arte/1, **118**. A função da arte/2, **119**. A função da arte/3, **120**. 1701, Vale das Salinas: A pele de Deus, **121**. A uva e o vinho, **122**. A casa das palavras, **123**. A função do leitor, **124**. 1655, San Miguel de Nepantla: Juana aos quatro anos, **125**. 1658, San Miguel de Nepantla: Juana aos sete anos, **126**. Um sonho de Juana, **127**. 1667, Cidade do México: Juana aos dezesseis, **128**. 1914, Montevidéu: Delmira, **130**. 1916, Buenos Aires: Isadora, **131**. 1968, Cidade do México: Revueltas, **132**. 1968, Cidade do México: Rulfo, **133**. A terceira margem do rio, **134**. Carpentier, **135**. 1969, Lima: Arguedas, **137**. Onetti, **138**. A última cerveja de Caldwell, **139**. Neruda, **141**. 1984, Paris: Vão os ecos em busca da voz, **142**. 1913, Campos de Chihuahua: Numa dessas manhãs me assassinei, **143**. Introdução à História da Arte, **144**. 1796, Ouro Preto: O Aleijadinho, **145**. Definição da arte, **146**. Os diabinhos de Ocumicho, **147**. Sobre a propriedade privada do direito de criação, **148**. Vargas, **149**. Niemeyer, **150**. Novembro, 6: O rei que não foi, **151**. Fevereiro, 19: Pode ser que Horacio Quiroga tivesse contado assim sua própria morte:, **152**. Maio, 4: Enquanto a noite durar, **153**. O silêncio, **154**. Paradoxos, **155**. Pontos de vista, **157**. Humaninhos, **158**. Por que escrevo, **160**. Janela sobre a cara, **162**

O poder 163
A criação segundo John D. Rockefeller, **165**. A autoridade, **167**. O sistema, **168**. O sistema/2, **169**. O sistema/3, **170**. O sistema/4, **171**. Hinos, **172**. A burocracia, **174**. Outubro, 30: Os marcianos estão chegando!, **175**. Amnésias, **176**. O nome mais tocado, **177**. Setembro, 7: O visitante, **179**. Assaltado assaltante, **181**. Outubro, 14: Uma derrota da Civilização, **182**. Maio, 15: Que amanhã não seja outro nome de hoje, **183**. Magos, **184**. Somos andando, **185**. Latino-americanos, **187**. Jogo de adivinhar, **188**. Dicionário da Nova

Ordem Mundial (imprescindível na carteira das damas e no bolso dos cavalheiros), **189**

Os rebeldes.. 195
Celebração da voz humana, **197**. 1525, Tuxkahá: Cuauhtémoc, **199**. 1663, Margens do Rio Paraíba: A liberdade, **201**. 1711, Paramaribo: Elas levam a vida nos cabelos, **202**. 1739, New Nanny Town: Nanny, **203**. 1820, Paso del Boquerón: Artigas, **204**. O senhor, **205**. 1824, Montevidéu: Crônicas da cidade, a partir da poltrona do barbeiro, **206**. 1830, Rio Magdalena: Baixa o barco rumo ao mar, **208**. 1851, Latacunga: El loco, **210**. 1853, Paita: Os três, **212**. 1865, Washington: Lincoln, **214**. 1870, Cerro Corá: Solano López, **216**. 1870, Cerro Corá: Elisa Lynch, **217**. 1934, Manágua: Filme de terror: roteiro para dois atores e alguns extras, **218**. Celebração das bodas entre a palavra e o ato, **220**. 1967, Houston: Ali, **221**. A máquina, **222**. 1979, Granada: As comandantes, **225**. Celebração da coragem/1, **226**. Peregrinação na Jamaica, **228**. O que o rio me contou, **229**. Dezembro, 19: Outra exilada, **230**. Samuel Ruiz nasceu duas vezes, **231**. Aquela nuca, **232**. Nomes, **233**. Dezembro, 17: O foguinho, **234**

O exílio 235
Um esplendor que demora entre minhas pálpebras, **237**. A garota com o corte no queixo, **238**. 1974, Yoro: Chuva, **250**. Calella de la Costa, junho de 1977: Para inventar o mundo cada dia, **252**. Calella de la Costa, julho de 1977: A feira, **253**. O exílio, **255**. Ressurreições, **257**. O regresso, **258**. Os adeuses, **260**. Revelações, **261**

Primeira luz 263
A arte para as crianças, **265**. Celebração da fantasia, **266**. O pequeno rei vira-lata, **267**. Os filhos, **269**. Noel, **270**. O céu e o inferno, **272**. 1976, cárcere de liberdade: Pássaros proibidos, **273**. O monstro meu amigo, **274**. O parto, **276**. 1983, Lima: Tamara voa duas vezes, **277**. O conselho, **279**. Abril, 21: O indignado, **280**. Anjinho de Deus, **281**

Sinais do tempo 283
O vento na cara do peregrino, **285**. Essa velha é um país, **286**. Outra avó, **289**. O avô, **290**. Paisagem tropical, **292**. 1853, La Cruz: O tesouro dos jesuítas, **293**. 1961, Havana: Maria de la Cruz, **295**

Os ninguéns 297
Os ninguéns, **299**. Andares de Ganapán, **300**. Os gamines, **305**. 1493, Ilha de Santa Cruz: Uma experiência de Miquele de Cuneo, natural de Savona, **307**. 1778, Filadélfia: Se ele tivesse nascido mulher, **309**. 1908, Caracas: Bonecas, **311**. Alguém, **312**. Agosto, 29: Homem de cor, **313**. Se o Larousse está dizendo..., **314**. Perigo no caminho, **315**. A alienação, **316**. Julho, 11: A fabricação de lágrimas, **317**

Outros abraços 319
1701, São Salvador, Bahia: Palavra da América, **321**. O mundo, **322**. 1945, Princeton: Os olhos mais tristes, **323**. Para entender o inferno, **324**. Celebração da amizade, **326**. 1911, Campos de Chihuahua: Pancho Villa, **328**. Notícias, **329**. 1950, Rio de Janeiro: Obdulio, **331**. As impressões digitais, **332**. Eu, mutilado capilar, **335**. A festa, **336**. O ar e o vento, **337**. Janela sobre a herança, **338**. Celebração da coragem/2, **339**. As idades de Ana, **341**. Junho, 15: Uma mulher conta, **342**. Junho, 9: Sacrílegas, **343**. Junho, 10: Um século depois, **344**. Inventário geral do mundo, **345**. Autobiografia completíssima, **347**. Eu confesso, **348**. Estrangeiro, **349**. Viagem ao Inferno, **350**. Minha cara, sua cara, **351**. O direito ao delírio, **352**

Créditos dos textos e das traduções 355

Nota do editor argentino

Carlos E. Díaz

Ao longo de 1993, Eduardo Galeano selecionou uma série de histórias que faziam parte de seus livros publicados até então. O resultado foi *Amares*, uma antologia pessoal publicada pela editora Alianza, na Espanha, que se transformaria num pequeno grande clássico. Continha relatos que abarcavam desde *Vagamundo*, uma obra de 1973, até *O livro dos abraços*, de 1989. Para preparar esta nova edição, permitimo-nos escolher algumas das melhores histórias de cada um de seus livros posteriores, a começar por *As palavras andantes*, de 1993, terminando com seu livro póstumo, *O caçador de histórias*, de modo a poder apresentar a leitores e leitoras uma versão atualizada, que é ao mesmo tempo uma espécie de "grandes sucessos" da prosa de Galeano.

O percurso que os relatos armam nestas páginas mostra a persistência dos temas que preocupavam e inspiravam Galeano: as injustiças, os avatares dolorosos e mágicos do amor, a condenação do imperialismo e das diferentes formas do colonialismo contemporâneo, as revoluções e as formas culturais de resistência, a amizade como refúgio, os esquecidos da história, as pequenas maravilhas que se escondem na vida cotidiana. Também demonstra o modo pelo qual Galeano foi, ao longo do tempo, aperfeiçoando sua obsessão por simplificar seus textos e condensar a experiência, e a maneira pela qual sua trajetória de vida foi abrindo novas perguntas e novas cenas a seu mundo narrativo.

A maioria dos livros de Galeano era ilustrada com lindas vinhetas feitas por ele mesmo, ou com obras de outros. A edição original de *Amares* não incluía imagens, e imediatamente pensamos em Juan Matías Loiseau, mais conhecido como Tute, para remediar esta situação. Parece-nos que sua obra e sua sensibilidade têm muitos pontos de contato com Eduardo. Tute aceitou na hora, com enorme generosidade, e assim o leitor encontrará doze de suas belas vinhetas a ilustrar este livro.

Agradecemos ao doutor Eduardo De Freitas, responsável pela administração da obra de Galeano, por todas as providências tomadas para que este livro se tornasse uma realidade e pela confiança de sempre. A Helena Villagra, eterna companheira de Eduardo, e a Daniel Weinberg, um homem sábio, além de amigo de Eduardo, porque sempre nos ajudam a pensar, apresentam ideias e nos acompanham com entusiasmo na hora de trabalhar e cuidar de toda a obra de Eduardo.

Numa entrevista, Galeano declarou que imaginava seus livros como "uma casa com muitas janelas, com janelas bem grandes e com muitas portas para que o leitor possa entrar e sair por onde queira, sempre que desejar. Um livro que não seja uma jaula, mas um espaço de liberdade". Acreditamos ter sido fiéis a esta aspiração nesta nova edição de *Amares* que aqui apresentamos.

Amar a mares

Os amantes

Eles são dois por engano. A noite corrige.

O amor

Na selva amazônica, a primeira mulher e o primeiro homem se olharam com curiosidade. Era estranho o que tinham entre as pernas.

– Te cortaram? – perguntou o homem.
– Não – disse ela. – Sempre fui assim.

Ele examinou-a de perto. Coçou a cabeça. Ali havia uma chaga aberta. Disse:

– Não comas mandioca, nem bananas, e nenhuma fruta que se abra ao amadurecer. Eu te curarei. Deita na rede, e descansa.

Ela obedeceu. Com paciência bebeu os mingaus de ervas e se deixou aplicar as pomadas e os unguentos. Tinha de apertar os dentes para não rir, quando ele dizia:

– Não te preocupes.

Ela gostava da brincadeira, embora começasse a se cansar de viver em jejum, estendida em uma rede. A memória das frutas enchia sua boca de água.

Uma tarde, o homem chegou correndo através da floresta. Dava saltos de euforia e gritava:

– Encontrei! Encontrei!

Acabava de ver o macaco curando a macaca na copa de uma árvore.

– É assim – disse o homem, aproximando-se da mulher.

Quando acabou o longo abraço, um aroma espesso, de flores e frutas, invadiu o ar. Dos corpos, que jaziam juntos, se desprendiam vapores e fulgores jamais vistos, e era tanta a formosura que os sóis e os deuses morriam de vergonha.

A noite/1

Arranque-me, senhora, as roupas e as dúvidas. Dispa-me, dispa-me.

O medo

Esses corpos nunca vistos os chamaram, mas os homens nivakle não se atreviam a entrar. Tinham visto as mulheres comer: elas engoliam a carne dos peixes com a boca de cima, mas antes a mascavam com a boca de baixo. Entre as pernas, tinham dentes.

Então os homens acenderam fogueiras, chamaram a música e cantaram e dançaram para as mulheres.

Elas se sentaram ao redor, com as pernas cruzadas.

Os homens dançaram durante toda a noite. Ondularam, giraram e voaram como a fumaça e os pássaros.

Quando chegou o amanhecer, caíram desvanecidos. As mulheres os ergueram suavemente e lhes deram de beber.

Onde elas tinham estado sentadas, ficou a terra toda regada de dentes.

A noite/2

Solto-me do abraço, saio às ruas.
No céu, já clareando, desenha-se, finita, a lua.
A lua tem duas noites de idade.
Eu, uma.

Mulher que diz tchau

Levo comigo um maço vazio e amassado de Republicana e uma revista velha que ficou por aqui. Levo comigo as duas últimas passagens de trem. Levo comigo um guardanapo de papel com minha cara que você desenhou, da minha boca sai um balãozinho com palavras, as palavras dizem coisas engraçadas. Também levo comigo uma folha de acácia recolhida na rua, uma outra noite, quando caminhávamos separados pela multidão. E outra folha, petrificada, branca, com um furinho como uma janela, e a janela estava fechada pela água e eu soprei e vi você e esse foi o dia em que a sorte começou.

Levo comigo o gosto do vinho na boca. (Por todas as coisas boas, dizíamos, todas as coisas cada vez melhores que nos vão acontecer.)

Não levo nem uma única gota de veneno. Levo os beijos de quando você partia (eu nunca estava dormindo, nunca). E um assombro por tudo isso que nenhuma carta, nenhuma explicação, podem dizer a ninguém o que foi.

As formigas

Tracey Hill era menina num povoado de Connecticut, e se divertia com diversões próprias de sua idade, como qualquer outro doce anjinho de Deus no estado de Connecticut ou em qualquer outro lugar deste planeta.

Um dia, junto a seus companheirinhos de escola, Tracey se pôs a atirar fósforos acesos num formigueiro. Todos desfrutaram muito daquele sadio entretenimento infantil; Tracey, porém, ficou impressionada com uma coisa que os outros não viram, ou fizeram como se não vissem, mas que a deixou paralisada e deixou nela, para sempre, um sinal na memória: frente ao fogo, frente ao perigo, as formigas separavam-se em casais, e assim, de duas em duas, bem juntinhas, esperavam a morte.

Amares

Nos amávamos rodando pelo espaço e éramos uma bolinha de carne saborosa e suculenta, uma única bolinha quente que resplandecia e jorrava aromas e vapores enquanto dava voltas e voltas pelo sonho de Helena e pelo espaço infinito e rodando caía, suavemente caía, até parar no fundo de uma grande salada. E lá ficava, aquela bolinha que éramos ela e eu; e lá no fundo da salada víamos o céu. Surgíamos a duras penas através da folhagem cerrada das alfaces, dos ramos do aipo e do bosque de salsa, e conseguíamos ver algumas estrelas que andavam navegando no mais distante da noite.

Buenos Aires, março de 1976:
Os negrores e os sóis

Uma mulher e um homem celebram, em Buenos Aires, trinta anos de casados. Convidam outros casais daqueles tempos, gente que não se via há anos, e sobre a toalha amarelenta, bordada para o casamento, todos comem, riem, brindam, bebem. Esvaziam umas quantas garrafas, contam piadas picantes, engasgam de tanto comer e rir e trocar tapinhas nas costas. Em algum momento, passada a meia-noite, chega o silêncio. O silêncio entra, se instala, vence. Não há frase que chegue até a metade, nem gargalhada que não soe como se estivesse fora do lugar. Ninguém se atreve a ir embora. Então, não se sabe como, começa o jogo. Os convidados brincam de quem leva mais anos morto. Se perguntam entre si quantos anos faz que você está morto: não, não, se dizem, vinte anos não: você está diminuindo. Você leva vinte e cinco anos morto. E é isso.

Alguém me contou, na revista, esta estória de velhices e vinganças ocorridas em sua casa na noite anterior. Eu terminava de escutá-la quando tocou o telefone. Era uma companheira uruguaia que me conhecia pouco. De vez em quando vinha me ver para passar informação política, ou para ver o que se podia fazer por outros exilados sem teto nem trabalho. Mas agora não me telefonava para isso. Esta vez telefonava para me contar que estava apaixonada. Me disse que finalmente tinha encontrado o que estava buscando sem saber que buscava e que precisava contar para alguém e que desculpasse o incômodo e que ela tinha descoberto que era possível dividir as coisas mais profundas e queria contar porque é uma boa notícia, não? e não tenho a quem contá-la e pensei...

Me contou que tinham ido juntos ao hipódromo pela primeira vez na vida e ficaram deslumbrados pelo brilho dos cavalos e das blusas de seda. Tinham uns poucos pesos e apostavam tudo, certos de que ganhariam, porque era a primeira vez, e tinham apostado nos cavalos mais simpáticos ou nos nomes mais engraçados. Perderam tudo e voltaram a pé e absolutamente felizes pela beleza dos animais e a emoção das corridas e porque eles também eram jovens e belos e capazes de tudo. Agora mesmo, me disse ela, morro de vontade de ir na rua, tocar corneta, abraçar as pessoas, gritar que amo ele e que nascer é uma sorte.

Homem que bebe sozinho

As sentinelas vigiam, os revolucionários conspiram, as ruas estão vazias. A cidade adormeceu ao ritmo monótono da chuva; as águas da baía, viscosas de petróleo, lambem, lentas, o cais. Um marinheiro tropeça, discute com um poste, erra o golpe. Nos pés do morro, arde como sempre a chama da refinaria. O marinheiro cai de bruços sobre um charco. Esta é a hora dos náufragos da cidade e dos amantes que se desejam.

A chuva cresce, agora mais feroz. Chove de longe; a chuva bate contra as janelas do café do grego e faz vibrar os vidros. A única lâmpada, amarela, luz doentia, oscila no teto. Na mesa do canto, não há nenhuma moça tomando café e fabricando barquinhos com o papel do açúcar para que o barquinho navegue em um copo d'água e depois naufrague. Há um homem que vê chover, na mesa do canto, e nenhuma outra boca fuma de seu cigarro. O homem escuta vozes que vêm de longe e dizem que *juntos somos poderosos como deuses*, e dizem: *quer dizer que não valia a pena, toda essa dor inútil, toda essa sujeira*. O homem escuta, *essa mentira, estátua de gelo*, como se as vozes não chegassem do fundo da memória de ninguém e fossem capazes de sobreviver e ficar flutuando no ar, no ar que cheira a cachorro molhado, dizendo: *gosto de gostar de você, minha linda, minha lindíssima, corpo que eu completo, você me toca com os dedos e sai fumaça, nunca aconteceu, jamais acontecerá,* e dizendo: *tomara que fique doente, que tudo dê errado na sua vida, que você não possa continuar vivendo.* E também: *obrigado, é uma sorte que você exista, que tenha nascido, que esteja viva,* e também: *maldito seja o dia que lhe conheci.*

Como acontece sempre que as vozes chegam, o homem sente uma insuportável vontade de fumar. Cada cigarro acende o próximo enquanto as vozes vão caindo, trepidantes, e se não fosse pelo vidro da janela com certeza a chuva machucaria sua cara.

1564, Bogotá:
Desventuras da vida conjugal

– Diga. Me achas esquisita?
– Pois um pouco.
– Um pouco o quê?
– Um pouco gorda, senhora, queira desculpar-me.
– Vamos ver se adivinhas. Gorda estou de comer ou de rir?
– Gorda de amar, pareceria, e isso não é ofender.
– Qual o que, mulher, se por isso te chamei...

Está a senhora muito preocupada. Pouca paciência teve seu corpo, incapaz de esperar pelo marido ausente; e alguém lhe disse que o traído está chegando a Cartagena. Quando descubra sua barriga... O que não fará esse homem tão categórico, que decapitando cura as dores de cabeça?

– Por isso te chamei, Juana. Ajuda-me, tu que és tão voadora e que podes beber vinho de uma taça vazia. Diz-me. Vem meu marido na frota de Cartagena?

Em bacia de prata, a negra Juana García revolve águas, terras, sangues, ervas. Mergulha um livrinho verde e o deixa navegar. Depois afunda o nariz:

– Não – informa. – Não vem. E se a senhora quer ver o seu marido, olhe aqui.

Se inclina a senhora sobre a bacia. À luz das velas, vê o marido. Ele está sentado ao lado de uma bela mulher, em um lugar de muitas sedas, enquanto alguém corta um vestido de pano bordado.

– Ah, farsante! Diz-me, Juana, que lugar é este?

– A casa de um alfaiate, na ilha de São Domingos.

Nas espessas águas aparece a imagem de um alfaiate cortando uma manga.

– Devo tirá-la? – propõe a negra.

– Pois tire!

A mão emerge da bacia com uma manga de fino tecido gotejando entre os dedos.

A senhora treme, mas de fúria.

– Merece mais barrigas o porcalhão!

De um canto, um cãozinho rosna com os olhos entreabertos.

A viagem

Achával vivia longe, a mais de uma hora de Buenos Aires. Não gostava de esticar a noite na cidade, porque era triste a madrugada solitária no trem.

Todas as manhãs Acha subia no trem das nove para ir trabalhar. Subia sempre no mesmo vagão e se sentava no mesmo lugar.

Na sua frente viajava uma mulher. Todos os dias, às nove e vinte e cinco, essa mulher descia por um minuto numa estação, sempre a mesma, onde um homem a esperava parado sempre no mesmo lugar. A mulher e o homem se abraçavam e se beijavam até que soava o sinal. Então ela se soltava e voltava ao trem.

Essa mulher se sentava em frente, mas Acha nunca ouviu sua voz.

Uma manhã ela não veio e às nove e vinte e cinco Acha viu, pela janela, o homem esperando na plataforma. Ela não veio nunca mais. Depois de uma semana, também o homem desapareceu.

Cinzas

1

Era meio-dia, mas rapidamente foi-se fazendo noite. O temporal de Santa Rosa estava prestes a desabar, com hora marcada. Alvoroçadas nos telhados, as cigarras anunciavam chuva. Talvez impedido por essa súbita escuridão, Alonso não o viu chegar, ou então porque ele amarrou seu barco no ancoradouro quando Alonso estava de costas, trabalhando no forno de pão. Também não o ouviu, pois ele havia chegado em silêncio, deslizando pelo rio. Remava lentamente, em pé no barco, com dignidade de cavalheiro.

Alonso estava tirando as brasas do forno com uma pá, jogando-as no carrinho de mão. Teresa tinha preparado os pães com o bom fermento e as tortas recheadas de torresmo. Os músculos das grandes costas de Alonso contraíam-se a cada movimento que ele fazia com a pá. O esplendor das brasas lambia a sua pele e sua transpiração se iluminava, brilhando como pequenas gotas avermelhadas. Teresa sentiu um forte desejo de tocar suas costas. Aproximou-se e estendeu a mão. Nesse momento Alonso se virou:

– É preciso abrir o respiradouro do forno – disse.

Caminhou alguns passos. Quase esbarrou no forasteiro. Era mais alto que ele, o que já era descomunal, e usava uma grande capa negra que lhe caía dos ombros. O forasteiro saudou-o com um leve toque de dedos na aba do seu grande chapéu, enterrado até os olhos. Pediu um copo de vinho e bebeu, gole a gole, com o cotovelo apoiado no balcão de metal.

Teresa foi até o rio molhar uns sacos de estopa, e Alonso terminou de tirar as brasas do forno. O forasteiro não disse nada e foi embora.

Teresa e Alonso ficaram olhando sua majestosa figura de falcão, até se perder de vista na negra bruma do rio. Colocaram os pães e as tortas no forno. Alonso fechou a porta de ferro e cobriu-a com os grossos panos molhados. Então, sentou-se para fumar um cigarro. Ao seu lado, Teresa descascava batatas e as colocava num tacho.

– Eu vi o que ele trazia – disse Teresa, sem se mover.

– Trazia onde?

– No barco. Aproximei-me e vi. Não aguentava mais de curiosidade.

– Hum!

Alonso se levantou, abriu e fechou a porta do forno: os pães tinham crescido rapidamente e estavam assando bem.

– Ataúdes. Era o que trazia – disse Teresa. – Dois.

– Podiam ser latas de gasolina ou algo assim – disse Alonso.

– Não. Eram caixões de defunto. Eu vi bem.

– Estavam escondidos?

– Não, estavam à vista.

– Vazios?

– Não sei.

– Estavam.

– O quê?

– Vazios. Ainda estavam vazios.

– Quem sabe.

– Veio para matar – disse então Alonso, que tinha visto a ponta de um fuzil sob a capa.

– Quem será que ele vai matar?

Alonso deu de ombros, mas ele sabia.

– Ele vai esperar que comam e depois façam a sesta – disse.

2

O Lobo dormia mal. Respirava com dificuldades. Seus ossos e seus dentes doíam. Passava os dias deitado. Poderia caminhar e salvar-se, mas não queria; nenhuma voz tinha força suficiente para tirá-lo daquele estado. Às vezes, na gelada escuridão antes do amanhecer, fixava os olhos no teto, fumando, e viajava. Isso lhe trazia algum alívio, mas não ocorria com frequência. Despertando ao seu lado a Galega quase sempre o encontrava com os dentes apertados pelas secretas dores da memória ou do corpo.

Lobo tinha a cara escondida pela barba. Não fazia a barba porque sentia impulsos de quebrar o espelho a socos. Quanto tempo fazia que não ia pescar peixe-rei? As iscas apodreciam nas linhas. Quando tomaria a decisão de calafetar o bote? Se tomasse o sol do verão, no estado em que se encontrava a madeira, o bote não chegaria ao outono.

Naquela madrugada, o Lobo ouviu um galo cantar: nenhum outro respondeu. Levantou-se, nervoso, para esquentar café e no chão da cozinha viu sua sombra sem cabeça.

Quando em pleno dia o céu escureceu, a Galega viu a tormenta aproximar-se. Antes, nos dias chuvosos, o Lobo assobiava. Somente nos dias de chuva sabia assobiar. Mas agora não assobiava nunca.

A Galega esquentou o guisado do jantar da noite anterior e serviu somente um copo de vinho. Os dois tomaram do mesmo copo e, no entanto, o Lobo não adivinhou o segredo dela. Ela tinha dito: "Tenho um segredo". Ele resmungou qualquer coisa, pediu mais vinho, não olhou e nem falou mais nada; depois foi caminhando até o ancoradouro. A Galega apertou as mãos, cravando-se as unhas, e sufocou a vontade de chorar. Queria que ele percebesse por si só, sem ter que dizer nada. A criançada da ilha andava ao seu redor, seguindo-a como galinhas, excitados, e isso era muito mais seguro que a menstruação que não vinha fazia dois meses. A Galega pensava que aquele era o melhor dia para que ele percebesse, porque dez anos atrás, naquele mesmo dia, ela tinha ouvido sua voz pela primeira vez.

3

A Galega cozinhava num casarão cheio de coisas que valiam muito dinheiro. Era uma cozinheira de mão cheia e, por isso, lhe pagavam bem e não a obrigavam a levantar-se cedo. Ela punha o despertador para as sete horas, mas somente para ter o gostinho de continuar dormindo, quentinha debaixo das cobertas.

Como de costume, uma manhã se levantou para ir ao banheiro e topou com um cara mascarado que lhe encostou uma pistola no peito.

– O que é isso, homem? – disse, assim que pôde engolir saliva. – Desvia isso daí.

Discutiram.

– Espera um momento – dizia ela. – Eu não aguento mais. Foi por isso que levantei e não aguento mais. Espere um momento. Não estou aguentando, homem!

O homem disse que tinha que consultar o chefe. O chefe era mais alto e mais forte. Também tinha uma meia enfiada na cabeça. Ele disse que podia ir, mas com a porta aberta. Ela viu suas mãos, os dedos pálidos e ossudos segurando a arma, e essa foi a primeira vez que ela recebeu, através dos dois buracos na meia, o fogo dos olhos dele. Quando entrou no banheiro já tinha perdido a vontade e ficou furiosa.

Depois, a amarraram e a jogaram no chão do quarto onde estavam os outros. Não havia jeito de fazê-la ficar calada. Gritava:

– Levem tudo, malandros! Limpem tudo! E não esqueçam de passar a flanela!

Tiveram de amordaçá-la.

– Querem café? Servirei com cianureto!

Passaram-se os dias. Uma manhã, quando saiu para fazer compras, ela o encontrou encostado em um muro, numa esquina,

fumando. Reconheceu-o pelas mãos, pelo fogo dos olhos e pela voz rouca que a convidou para um encontro no domingo à noite, em um café do centro. Ela o olhou, querendo odiá-lo e querendo dizer-lhe:
– Espere, que irei com a polícia.
Naquele domingo, fechou-se no seu quarto e não foi. A partir de então esteve lutando, dias e noites, contra a vontade de ir e encontrá-lo de novo.

O domingo da semana seguinte amanheceu ensolarado. A Galega saiu para caminhar. Andou pelos parques e quando anoiteceu suas pernas a levaram ao café só pela curiosidade de saber como era. Sentou-se e pediu um café grande. Pôs açúcar. Estava mexendo com a colherinha quando o viu em pé, à sua frente.
– Você demorou, hein? – disse ele.
Parecia que seus dentes estavam ficando moles.
– Acaba logo com isso – disse ele.
– Está quente – balbuciou ela.

Da primeira noite ela iria recordar, para sempre, o barulho dos sapatos caindo e a medalha de Santa Rita que no dia seguinte não estava mais em seu pescoço.

E ele disse a ela: "Ao seu lado, me sinto mais feliz que pobre quando tira a sorte grande", e ela era um carrapicho grudado para sempre no colo dele, e não havia nada que não fosse aplaudido, nada que não fosse perdoado.

4

Sentou-se junto ao Lobo. Suas pernas ficaram balançando no ancoradouro. A única coisa que nele se movia era o cigarro apagado, que ia de um canto para outro da boca. Tinha se levantado da mesa depois de ter provado uns bocados. Quanto tempo fazia que ele tinha perdido o prazer de desfrutar de uma refeição? Quanto tempo fazia que ela já não sentia vontade de preparar para ele frango à calabresa ou raviólis caseiros? Quanto tempo fazia que a vida perigosa e o dinheiro tinham terminado?

– Veja esta noite tão estranha – disse a Galega.
Colou-se a ele e agarrou em seu braço.
– Cheiro coisa feia, homem. Vem coisa ruim. Vamos embora daqui. O que estamos esperando?
O Lobo não respondeu. Então ela perguntou pelo Colt. Tinha revirado a casa e não tinha encontrado o revólver. Ele, com um puxão, se desvencilhou do seu braço.
– Já sei. Você o vendeu – disse a Galega.
Ele se levantou. Ela se pôs na sua frente.
– Você vai me contar – disse ela.
Ele a empurrou para o lado, e ela o perseguiu, aos tropeções, segurando-o pela camisa e golpeando-lhe o peito.
– Você está doente, Lobo. Está louco. O que estamos esperando? Que venham nos matar? Eu já não posso viver assim. Porque eu, agora, eu... Quero que você saiba que...
Lobo cuspiu o cigarro e disse:
– Reze. Se quiser, ou lembrar.
Ela deu um passo para trás e seus olhos brilharam:
– Você já não tem grandeza nenhuma, nem para se gabar, Lobo.
Com a mão aberta, ele deu um tapa no rosto dela.

5

O riacho carregava uma água barrenta em direção ao rio aberto. A maré estava subindo.
O matador, escondido atrás dos juncos, estava com o dedo no gatilho do fuzil. Tinha amarrado seu barco na entrada de um canal e se aproximou, rodeando a ilha pelo lado de trás. Estava perto dos acossados. Apesar de estar escuro e dos salgueiros, dava para ver bem os dois. Sempre pensara que matá-los de longe não teria graça. "Meu corpo é do tamanho do caixão desse homem", tinha pensado sempre, "e o corpo dele tem o tamanho do meu."

Também sempre soube que era preciso matar a Galega para que o Lobo morresse de verdade. Uma ou outra vez, nas perseguições que o levaram a cidades e praias distantes, pensou que não seria má ideia amarrá-los cara a cara, levá-los para o barco e jogá-los no mar, para que tivessem o tempo suficiente de, atados um ao outro, odiarem-se até o fundo da alma antes que a sede queimasse suas gargantas. Mas decidiu-se pelas balas. Ia precisar de muita bala para acabar com as sete vidas que eles tinham.

Agora estavam à mão. Era fácil.

Levantou o fuzil e o apoiou ao longo do rosto.

Então, ouviu a discussão.

Viu o Lobo dar o tapa e a Galega cair no chão. Viu quando o Lobo caiu de joelhos. O Lobo apertou a cabeça entre as mãos. O matador pensou ouvi-lo gemer. O Lobo passou a mão no rosto da Galega, pegou água do rio e molhou seu rosto. A Galega não reagia.

Mas o matador não matou. Passou anos perseguindo-os, mas não os matou. Talvez porque, junto com o momento da morte, chegou a revelação de que o castigo não está na morte, mas no mal que sua sombra faz; talvez porque tenha percebido que acossar era o que dava sentido a seus próprios dias de perseguidor.

Abaixou o fuzil.

6

Alonso cruzou com o barco que voltava. Na escuridão, ainda conseguiu ver os ataúdes. O forasteiro remava em pé, como na viagem de ida, sem pressa. Alonso deteve seu bote e esperou com os remos no ar. O forasteiro não voltou a cabeça.

"Não há nada que fazer", pensou Alonso. Mas seguiu viagem rio acima. Não demorou a ver a ilha aparecendo como um castelo de árvores na neblina negra: havia alguma coisa nela, uma luminosidade fantasmagórica, que gelava o sangue.

Alonso não escutou quando a Galega disse ao Lobo:

– Não voltarei. Não estou esquecendo nada aqui.

A Galega estava em pé no ancoradouro, com a mala ao lado, esperando. Sozinha.
– Está vivo? – perguntou Alonso.
– Sim – disse a Galega.
Alonso viu seu rosto machucado mas não perguntou nada mais. Colocou a mala no bote, e ela se sentou, de frente para a proa.

Causos

    Nos antigamentes, dom Verídico semeou casas e gentes em volta do botequim El Resorte, para que o botequim não se sentisse sozinho. Este causo aconteceu, dizem por aí, no povoado por ele nascido.
    E dizem por aí que ali havia um tesouro, escondido na casa de um velhinho todo mequetrefe.
    Uma vez por mês, o velhinho, que estava nas últimas, se levantava da cama e ia receber a pensão.
    Aproveitando a ausência, alguns ladrões, vindos de Montevidéu, invadiram a casa.
    Os ladrões buscaram e buscaram o tesouro em cada canto. A única coisa que encontraram foi um baú de madeira, coberto de trapos, num canto do porão. O tremendo cadeado que o defendia resistiu, invicto, ao ataque das gazuas.
    E, assim, levaram o baú. Quando finalmente conseguiram abri-lo, já longe dali, descobriram que o baú estava cheio de cartas. Eram as cartas de amor que o velhinho tinha recebido ao longo de sua longa vida.
    Os ladrões iam queimar as cartas. Discutiram. Finalmente, decidiram devolvê-las. Uma por uma. Uma por semana.
    Desde então, ao meio-dia de cada segunda-feira, o velhinho se sentava no alto da colina. E lá esperava que aparecesse o carteiro

no caminho. Mal via o cavalo, gordo de alforjes, entre as árvores, o velhinho desandava a correr. O carteiro, que já sabia, trazia sua carta nas mãos.

    E até São Pedro escutava as batidas daquele coração enlouquecido de alegria por receber palavras de mulher.

O resto é mentira

a Pedro Saad

1

– Vou no domingo – digo. – Há um voo direto para Barcelona.
– Não – diz Pedro.
– Não?
– No domingo você irá, iremos, a Guaiaquil. E dali....
Dou uma risada.
– Escuta – diz Pedro, e eu:
– Não posso ficar mais nenhum dia. Tenho que...
– Você vai me escutar?

2

Quando comento com Alejandra a mudança dos planos, ela diz:
– Então você vai ver Adão e Eva.
Fuma e diz:
– Eu quero morrer assim.

3

Na península de Santa Elena, que se chamava Zumpa, o tempo é quase sempre cinzento. Não longe daqui, mais ao norte, o mundo se parte em dois, de uma só vez. Aqui o tempo se parte. Metade do ano é sol e a outra metade é cinza.

Caminhamos pela terra empoeirada. Pedro me explica que há milhares de anos o mar vinha até estas terras. Basta escavar um pouco e aparecem conchas do mar. Os ventos do sul deixaram a península árida. Os ventos e o petróleo que se descobriu por aqui. Também as cozinhas de Guaiaquil, porque os bosques de *guayacán* foram parar nos seus fogões e, não faz muito tempo, meio século apenas, cobriam este deserto e serviam para fazer a oferenda de incenso de pau-santo aos deuses. Da vegetação sobrou apenas este mato baixo, arbustos cheios de espinhos que servem para espetá-lo e para que você fique entre estas máquinas que procuram petróleo – e o resto é uma imensidão de pó e nada mais.

4

– É aqui – diz Pedro, e levanta a tampa de madeira.

Estão quase à flor da terra, metidos os dois num pequeno buraco.

Olhamos em silêncio, e o tempo passa.

Estão abraçados. Ele, de boca para baixo. Um braço e uma perna dela debaixo dele. Uma mão dele sobre o púbis dela. A perna dele a cobre.

Uma grande pedra achata a cabeça do homem, e outra, o coração da mulher. Há uma pedra grande sobre o sexo dela e outra sobre o sexo dele.

Olho a cabeça da mulher apoiada ou refugiada nele, sorrindo, e comento que tem a cara luminosa, cara de beijo.

– Cara de espanto – contradiz Pedro. – Ela viu os assassinos e ergueu o braço. Foram mortos com essas pedras.

Olho o braço levantado. A mão protegeu os olhos de alguma súbita ameaça ou mau sonho, enquanto o resto do corpo seguia dormindo, enroscado no corpo dele.
— Está vendo? — diz Pedro. — Quebraram a cabeça dele com esta pedra.

Mostra-me a teia de aranha na rachadura do crânio do homem e diz:
— Pedras grandes como essas não são encontradas por aqui. Trouxeram de longe para matá-los. Quem sabe de onde as trouxeram?

Estão abraçados há milhares de anos. Os arqueólogos dizem oito mil anos. Antes do tempo dos pastores e dos lavradores. Dizem que a argila impermeável da península conservou os seus ossos intactos.

Ficamos olhando e passa o tempo. Sinto o sol brilhando entre o céu sem cor e a terra quente e sinto que esta península de Zumpa ama os seus amantes e que por isso soube guardá-los em seu ventre e não os comeu.

E sinto outras coisas que não entendo e que me deixam tonto.

5

Estou tonto e nu.
— Eles crescem — digo.
— É só o começo. Espera e verá — adverte Pedro, enquanto o carro se dirige para a costa entre nuvens de pó.

E eu sei que me perseguirão.

Magdalena os viu e gritou quando ia embora.

6

— Foram descobertos por uma mulher — diz Pedro. — Uma arqueóloga chamada Karen. Estão tal qual ela os encontrou há dois anos e meio.

Espero que não venham despertá-los. Faz oito mil anos que dormem juntos.

– Que farão aqui? Um museu?

– Algo assim – sorri Pedro. – Um museu... por que não um templo?

Penso: "Sua casa é esse buraquinho e ficou invulnerável. Quantas noites cabem dentro de uma noite tão longa?".

Estremeço, pressentindo o supershow dos amantes de Zumpa nas mãos dos *tour operators*, uma experiência inesquecível, um tesouro da arqueologia mundial, câmeras e filmadoras escoltadas por enxames de turistas compradores de emoções. Penso no belo corpo que eles formam no longo abraço dos anos e nos tantos olhos sujos que não os merecerão. Logo em seguida, acuso-me de egoísta e um pouco de vergonha me sobe na cara.

7

Comemos no litoral, na casa de Júlio. Servem um bom vinho, que aparece na mesa como milagre; sei que o peixe está saboroso e que a conversa vale a pena, mas estou ali como se não estivesse. Uma parte de mim bebe, come e escuta, e de vez em quando diz algo, enquanto a outra parte anda vagando pelos ares e fica imóvel frente ao pássaro que nos observa através da janela. Todo meio-dia esse passarinho vem, pousa num galhinho e observa enquanto dura o almoço.

Depois me estendo numa rede ou me deixo cair nela. O mar canta baixinho para mim. Eu abro você, eu descubro você, eu faço você nascer, canta-me o mar, ou por sua boca sussurram aqueles dois que vêm antes da história e o inauguram. As ramagens atravessadas pela brisa repetem a melodia. Antigos ares, que tão bem conheço, me recolhem, me envolvem e me embalam. Festa e perigo num eterno desenrolar...

– Levanta, dorminhoco!

Coloco as mãos frente aos olhos para protegê-los.

A súbita voz de Pedro devolve-me ao mundo.

8

– Não – diz Karen. – Não os mataram. As pedras foram colocadas posteriormente.

Pedro insinua um protesto.

– As pedras teriam rolado – insiste a arqueóloga. – Se elas tivessem sido jogadas, teriam rolado. Elas estariam nos lados e não em cima. Estão cuidadosamente colocadas sobre os corpos.

– Mas... e essa parte do crânio quebrada?

– É muito posterior. Quem sabe algum carro ou caminhão estacionou sobre eles. Quando os descobrimos, estavam assim, a um palmo da superfície. Somente ossos muito antigos podem quebrar-se como louça.

Pedro a olha, desarmado. Eu queria perguntar-lhe o que sentiu quando os descobriu, mas fico como um bobo e não pergunto nada.

– As pedras foram colocadas quando os enterraram, para protegê-los – continuou Karen. – Neste lugar encontramos um cemitério. Havia muitos esqueletos e não apenas os dos... dos...

– Amantes – digo.

– Amantes? – diz. – Sim, é assim que os chamam. Os amantes de Zumpa. É um nome simpático.

– Mas encontraram também restos de casas – diz Pedro. – E de comida: conchas de mariscos, ostras. Talvez enterrassem os mortos em suas casas, como outras tribos que...

– Talvez – admite Karen. – Não é muito o que sabemos.

– Ou pode haver uma diferença no tempo, não é? Uma diferença de milhares de anos entre o cemitério e as casas. Os amantes podem ser muito posteriores ou anteriores aos demais esqueletos.

– Talvez – diz Karen –, mas duvido.

Ela nos serve café, enquanto seus filhos correm atrás de um cachorro, e nos explica que não é possível remover esses ossos depois de tanto tempo.

– Não tocamos neles – diz – para não despedaçar tudo. Que eu saiba, é a primeira vez que descobrem um casal enterrado assim. A descoberta pode ter certo valor científico. Vieram os ossólogos, como os chamam por aqui. Eles confirmaram que se trata de um homem e uma mulher e que eram jovens quando morreram. Tinham entre vinte e vinte e cinco anos. Os... ossólogos dizem que os esqueletos correspondem todos ao mesmo período.

– E o carbono catorze? – pergunta Júlio. – Fizeram essas provas.

– Enviamos aos Estados Unidos outros ossos do mesmo cemitério. O carbono catorze retificado revelou uma antiguidade de seis a oito mil anos. Com os ossos dos... amantes não é possível uma análise. Só enviamos um dente que arrancamos do homem. O laboratório analisou-o. Termoluminescência, os senhores sabem. A resposta não serve para nada. Dá uma antiguidade de seis a onze mil anos. Se soubéssemos, teríamos deixado o dente em paz.

Pedro esperava esta oportunidade.

– Suponhamos – diz, triunfal – que dentro de muito, muito tempo, os técnicos analisassem com os mesmos métodos os restos de nossa civilização. Encontrariam maços de Marlboro no Coliseu de Roma.

Karen, sentindo até onde ia a conversa, dá uma boa risada franca e depois, na segunda xícara de café, adverte-nos:

– Eu não sei se vocês vão gostar do que eu vou dizer.

Olha para nós três, medindo-nos sem pressa, e baixando a voz, como quem dita uma sentença secreta, explica:

– Eles não morreram abraçados. Foram enterrados assim. O motivo, não se sabe. Nunca ninguém saberá por que os enterraram assim. Talvez porque fossem marido e mulher, mas isso não basta. Por que não os enterraram como a outros casais? Não se sabe. Talvez tenham morrido ao mesmo tempo. Não há sinais de violência nos ossos. Talvez tenham se afogado. Estavam pescando e afogaram-se. Talvez. Por algum motivo, que nunca saberemos, os enterraram abraçados. Não morreram assim, nem os mataram. Nós os encontramos em sua tumba, não em sua casa.

9

Vamos caminhando pelo areal, enquanto a noite cai. O mar brilha além das dunas.

– Os cientistas afirmam – diz Pedro – que há milhares de anos não poderia haver amantes num grupo de pescadores seminômades, que não conheciam a propriedade e... Eu acho que hoje é que não há lugar para eles.

Continuamos calados, os três, olhando a areia.

Eu penso na sua grandeza, tão pequenininhos, como nós, e no seu mistério. Mais misterioso que o grande pássaro de Nazca, penso. Como símbolo, fez mais parte de mim do que a cruz, penso. E vou pensando: monumento mais da América do que a fortaleza de Machu Picchu ou as pirâmides do sol e da lua.

– Alguma vez vocês viram alguém que tivesse morrido afogado? – pergunta Júlio.

E segue:

– Eu já. Os afogados ficam contraídos, com o corpo na posição de... horror, e quando os tiram da água estão mais rígidos do que madeira. Se tivessem morrido afogados, ninguém conseguiria abraçá-los como estão.

– E se não tivessem se afogado? Havia outras maneiras de morrer.

– Eu também não acredito – diz-me Júlio. – Os mortos se endurecem rápido. Eu não sei... – vacila. – Karen sabe. Ela sabe, mas... Não sei. Não creio que... Estão numa posição tão natural. Ninguém teria sido capaz de enterrá-los assim. O abraço é tão verdadeiro... Não é mesmo?

– Eu acredito neles – digo.

– Em quem?

– Neles – digo.

10

Malditos amantes de Zumpa que não me deixam dormir.

Levanto-me no meio da noite. Vou para a sacada, respiro fundo, abro os braços.

E os vejo, traídos pela lua, em algum ponto do ar ou da paisagem. Vejo os homens nus que se arrastam em silêncio pelo mangue e atacam armados de punhais de pedra negra ou ossos afiados de tubarão. Vejo o sobressalto dela e o sangue. Depois vejo os verdugos colocando sobre os corpos as pesadas pedras que trouxeram de longe. Os primeiros agentes da ordem ou os primeiros sacerdotes de um deus inimigo colocam uma pedra sobre a cabeça dele, outra sobre o coração dela e uma pedra sobre cada sexo, para impedir a saída dessa fumacinha que baila no ar, fumacinha inebriante, fumacinha de loucura que põe o mundo em perigo – e sorrio, sabendo que não há pedra que possa com ela.

11

Na manhã seguinte, a volta.

A vegetação cresce à medida que me distancio do deserto, e pelo ar vem chegando o cheiro do verde ao entrar no luminoso mundo molhado de Guaiaquil. Acompanham-me, para sempre, aqueles que melhor morreram.

A pequena morte

Não nos provoca riso o amor quando chega ao mais profundo de sua viagem, ao mais alto de seu voo: no mais profundo, no mais alto, nos arranca gemidos e suspiros, vozes de dor, embora seja dor jubilosa, e pensando bem não há nada de estranho nisso, porque nascer é uma alegria que dói. *Pequena morte*, chamam na França a culminação do abraço, que ao quebrar-nos faz por juntar-nos, e perdendo-nos faz por encontrar-nos e acabando conosco nos principia. *Pequena morte*, dizem; mas grande, muito grande haverá de ser, se ao nos matar nos nasce.

Adeus

As melhores pinturas de Ferrer Bassa, o Giotto catalão, estão nas paredes do convento de Pedralbes, lugar das pedras alvas, nas alturas de Barcelona.

Ali viviam, afastadas do mundo, as monjas de clausura.

Era uma viagem sem volta: às suas costas se fechava o portão, e se fechava para nunca mais abrir. Suas famílias haviam pago altos dotes, para que elas merecessem a glória de serem para sempre esposas de Cristo.

Dentro do convento, na capela de São Miguel, ao pé de um dos afrescos de Ferrer Bassa, há uma frase que sobreviveu, meio às escondidas, ao passar dos séculos.

Não se sabe quem a escreveu.

Se sabe quando. Está datada, 1426, em números romanos.

Quase não se nota a frase. Em letras góticas, em idioma catalão, pedia e ainda pede:

Diga a Juan
que não me esqueça.

Crônica da cidade de Havana

Os pais tinham fugido para o Norte. Naquele tempo, a revolução e ele eram recém-nascidos. Um quarto de século depois, Nelson Valdés viajou de Los Angeles a Havana, para conhecer seu país.

A cada meio-dia, Nelson tomava o ônibus, a *guagua* 68, na porta do hotel, e ia ler livros sobre Cuba. Lendo passava as tardes na biblioteca José Martí, até que a noite caía.

Naquele meio-dia, a *guagua* 68 deu uma tremenda freada num cruzamento. Houve gritos de protesto, pela tremenda sacudida, até que os passageiros viram o motivo daquilo tudo: uma mulher prodigiosa, que tinha atravessado a rua.

– *Me desculpem, cavalheiros* – disse o motorista da *guagua* 68, e desceu. Então todos os passageiros aplaudiram e lhe desejaram boa sorte.

O motorista caminhou balançando, sem pressa, e os passageiros viram como ele se aproximava da maravilha que estava na esquina, encostada no muro, lambendo um sorvete. Da *guagua* 68 os passageiros seguiam o ir e vir daquela linguinha que beijava o sorvete enquanto o motorista falava sem resposta, até que de repente ela riu, e brindou-lhe um olhar. O motorista ergueu o polegar e todos os passageiros lhe dedicaram uma intensa ovação.

Mas quando o chofer entrou na sorveteria, produziu-se uma certa inquietação generalizada. E quando depois de um instante saiu com um sorvete em cada mão, espalhou-se o pânico nas massas.

Tocaram a buzina. Alguém grudou-se na buzina com alma e vida, e tocou a buzina como alarme de roubos ou sirena de incêndios; mas o motorista, surdo, continuava grudado na maravilha.

Então avançou, lá dos fundos da *guagua* 68, uma mulher que parecia uma bala de canhão e tinha cara de mandona. Sem dizer uma palavra, sentou-se no assento do chofer e ligou o motor. A *guagua* 68 continuou sua rota, parando nos pontos habituais, até que a mulher chegou no seu próprio ponto e desceu. Outro passageiro ocupou seu lugar, durante um bom trecho, de ponto em ponto, e depois outro, e outro, e assim a *guagua* 68 continuou até o fim.

Nelson Valdés foi o último a descer. Tinha esquecido a biblioteca.

Palavras perdidas

Pelas noites, Avel de Alencar cumpria sua missão proibida. Escondido num escritório de Brasília, ele fotocopiava, noite após noite, os papéis secretos dos serviços militares de segurança: relatórios, fichas e expedientes que chamavam de interrogatório as torturas e de choques armados os assassinatos.

Em três anos de trabalho clandestino, Avel fotocopiou um milhão de páginas. Um confessionário bastante completo da ditadura que estava vivendo seus últimos tempos de poder absoluto sobre as vidas e os milagres do Brasil inteiro.

Certa noite, entre as páginas da documentação militar, Avel descobriu uma carta. A carta tinha sido escrita quinze anos antes, mas o beijo que a assinava, com lábios de mulher, estava intacto.

A partir de então, ele encontrou muitas cartas. Cada uma estava acompanhada pelo envelope que não tinha chegado ao destino.

Ele não sabia o que fazer. Havia-se passado um longo tempo. Ninguém mais aguardava aquelas mensagens, palavras enviadas pelos esquecidos e pelos idos a lugares que já não eram e a pessoas que já não estavam. Eram letra morta. E no entanto, quando lia, Avel sentia que estava cometendo uma violação. Ele não podia devolver aquelas palavras ao cárcere dos arquivos, nem podia assassiná-las rasgando-as.

No final de cada noite, Avel metia em seus envelopes as cartas que tinha encontrado, punha novos selos e as colocava no correio.

Fevereiro, 7: O oitavo raio

Roy Sullivan, um guarda-florestal da Virgínia, nasceu em 1912, neste dia 7, e sobreviveu a sete raios durante seus setenta anos de vida:

em 1959, um raio arrancou a unha de um dedo de seu pé;

em 1969, outro raio desapareceu com suas sobrancelhas e seus cílios;

em 1970, outro raio torrou seu ombro esquerdo;

em 1972, outro raio o deixou careca;

em 1973, outro raio queimou suas pernas;

em 1976, outro raio abriu seu tornozelo;

em 1977, outro raio calcinou seu peito e seu ventre.

Mas não caiu do céu o raio que em 1983 abriu sua cabeça.

Dizem que foi uma palavra, ou um silêncio, de mulher.

Dizem.

Confusões de família

Roberto Bouton, médico rural, colheu muitas vozes nos campos do Uruguai.
Assim foi o adeus à vida de um tal Canuto, lenhador, pastor e lavrador:
– Olha só, doutor. Acontece que eu me casei com uma viúva, que tinha uma filha já crescida, e meu pai vai e se apaixona por essa filha e se casa com ela, e assim meu pai virou meu genro e minha enteada se transformou em minha madrasta.
"E minha mulher e eu tivemos um filho, que virou cunhado do meu pai e meu tio. E depois minha enteada teve um filho, que veio a ser meu irmão e, ao mesmo tempo, meu neto.
"O senhor me acompanha, doutor? Entende? Tudo isso é um pouco complicado, reconheço, mas resumindo: acontece que eu acabei sendo marido e neto da minha mulher. E assim fomos até que um mau dia, doutor, eu entendi: sou meu próprio avô!
"O senhor está entendendo? É uma situação insuportável. Só conto para o senhor porque o senhor é um doutor e sabe tudo."

Castigos

No ano de 1953, a Câmara Municipal de Lisboa publicou a Ordenança nº 69 035:
Tendo-se verificado o aumento de atos atentatórios contra a moral e os bons costumes, que dia a dia estão acontecendo em locais públicos e jardins, determina-se que a polícia e os guarda-bosques mantenham uma permanente vigilância sobre as pessoas que procurem as vegetações frondosas para a prática de atos que atentam contra a moral e os bons costumes, e se estabelecem as seguintes multas:
1º – Mão sobre mão: $2,50
2º – Mão naquilo: $15,00
3º – Aquilo na mão: $30,00
4º – Aquilo naquilo: $50,00
5º – Aquilo por trás daquilo: $100,00
Parágrafo único: com a língua naquilo, $150,00 de multa, prisão e fotografia.

História do outro

Você prepara o café da manhã, como todo dia.
Como todo dia, você leva seu filho até a escola.
Como todo dia.
E, então, o vê. Na esquina, refletido numa poça, contra a calçada; quase é atropelada por um caminhão.
Depois, você vai para o trabalho. E o vê novamente, na janela de um botequim medonho, e o vê na multidão que a boca do metrô devora e vomita.
Ao anoitecer, seu marido passa para buscá-la. E no caminho de casa vão os dois, calados, respirando o veneno do ar, quando você torna a vê-lo no turbilhão das ruas: esse corpo, essa cara que sem palavras pergunta e chama.
E desde então você o vê com os olhos abertos, em tudo que olha, e o vê com os olhos fechados, em tudo que pensa; e o toca com seus olhos.
Este homem vem de algum lugar que não é este lugar e de algum tempo que não é este tempo. Você, mãe de, mulher de, é a única que o vê, a única que pode vê-lo. Você já não tem mais fome de ninguém, fome de nada, mas cada vez que ele aparece e se desvanece, você sente uma irremediável necessidade de rir e chorar os risos e os prantos que engoliu ao longo de tantos anos, risos

perigosos, prantos proibidos, segredos escondidos em quem sabe que cantos de seus cantos.

    E quando chega a noite, enquanto seu marido dorme, você vira de costas e sonha que desperta.

Janela sobre uma mulher

A outra chave não gira na porta da rua.
A outra voz, cômica, desafinada, não canta no chuveiro.
No chão do banheiro não há marcas de outros pés molhados.
Nenhum cheiro quente vem da cozinha.
Uma maçã meio comida, marcada por outros dentes, começa a apodrecer em cima da mesa.
Um cigarro meio fumado, lagarta de cinza morta, tinge a beira do cinzeiro.
Penso que deveria fazer a barba. Penso que deveria me vestir. Penso que deveria.
Uma água suja chove dentro de mim.

Janela sobre a arte

Eu era jovem, quase menino, e queria desenhar. Mentindo sobre a minha idade, consegui me misturar com os estudantes que desenhavam uma modelo nua.

Nas aulas, eu riscava papéis, lutando para encontrar linhas e volumes. Aquela mulher nua, que ia mudando de pose, era um desafio para minha mão desajeitada, e nada mais: algo assim como um jarro que respirava.

Mas uma noite, no ponto de ônibus, pela primeira vez eu a vi vestida. Ao subir no ônibus, sua saia ergueu-se e descobriu o nascimento da coxa. E então meu corpo se incendiou.

Bésame mucho

Os beijólogos demonstraram que o beijo apaixonado faz trabalhar trinta e nove músculos da cara e de outras zonas do corpo.

Também se comprovou que o beijo pode transmitir gripe, rubéola, varíola, tuberculose e outras pestes.

Graças aos cientistas, sabemos agora que o beijo pode deixar exaustos os atletas olímpicos e pode adoecer sem remédio os mais santos exemplares do gênero humano.

E no entanto...

Celebração das contradições

Desamarrar as vozes, dessonhar os sonhos: escrevo querendo revelar o real maravilhoso, e descubro o real maravilhoso no exato centro do real horroroso da América.

Nestas terras, a cabeça do deus Eleguá leva a morte na nuca e a vida na cara. Cada promessa é uma ameaça; cada perda, um encontro. Dos medos nascem as coragens; e das dúvidas, as certezas. Os sonhos anunciam outra realidade possível, e os delírios, outra razão.

Somos, enfim, o que fazemos para transformar o que somos. A identidade não é uma peça de museu, quietinha na vitrine, mas a sempre assombrosa síntese das contradições nossas de cada dia.

Nessa fé, fugitiva, eu creio. Para mim, é a única fé digna de confiança, porque é parecida com o bicho humano, fodido mas sagrado, e com a louca aventura de viver no mundo.

Janela sobre a história universal

Houve uma vez que foi a primeira vez, e então o bicho humano ergueu-se e suas quatro patas se transformaram em dois braços e duas pernas, e graças às pernas os braços ficaram livres e puderam fazer casa melhor que a copa da árvore ou a caverna do caminho. E tendo-se erguido, a mulher e o homem descobriram que é possível fazer amor cara a cara e boca a boca, e conheceram a alegria de olhar nos olhos durante o abraço de seus braços e o nó de suas pernas.

Os deuses e os demônios

A criação

A mulher e o homem sonhavam que Deus os estava sonhando.

Deus os sonhava enquanto cantava e agitava suas maracas, envolvido em fumaça de tabaco, e se sentia feliz e também estremecido pela dúvida e o mistério.

Os índios makiritare sabem que, se Deus sonha com comida, frutifica e dá de comer. Se Deus sonha com a vida, nasce e dá de nascer.

A mulher e o homem sonhavam que no sonho de Deus aparecia um grande ovo brilhante. Dentro do ovo, eles cantavam e dançavam e faziam um grande alvoroço, porque estavam loucos de vontade de nascer. Sonhavam que no sonho de Deus a alegria era mais forte que a dúvida e o mistério; e Deus, sonhando, os criava, e cantando dizia:

– Quebro este ovo e nasce a mulher e nasce o homem. E juntos viverão e morrerão. Mas nascerão novamente. Nascerão e tornarão a morrer e outra vez nascerão. E nunca deixarão de nascer, porque a morte é mentira.

O falar

O Pai Primeiro dos guaranis ergueu-se na escuridão, iluminado pelos reflexos de seu próprio coração, e criou as chamas e a tênue neblina. Criou o amor, e não tinha a quem dá-lo. Criou a fala, mas não havia quem o escutasse.

Então encomendou às divindades que construíssem o mundo e que se encarregassem do fogo, da névoa, da chuva e do vento. E entregou-lhes a música e as palavras do hino sagrado, para que dessem vida às mulheres e aos homens.

Assim o amor fez-se comunhão, e a fala ganhou vida e o Pai Primeiro redimiu sua solidão. Ele acompanha os homens e as mulheres que caminham e cantam:

Já estamos pisando esta terra,
já estamos pisando esta terra reluzente.

Teologia/1

O catecismo me ensinou, na infância, a fazer o bem por interesse e a não fazer o mal por medo. Deus me oferecia castigos e recompensas, me ameaçava com o inferno e me prometia o céu; e eu temia e acreditava.

Passaram-se os anos. Eu já não temo nem creio. E em todo caso – penso –, se mereço ser assado cozido no caldeirão do inferno, condenado ao fogo lento e eterno, que assim seja. Assim me salvarei do purgatório, que está cheio de horríveis turistas de classe média; e no final das contas, se fará justiça.

Sinceramente: merecer, mereço. Nunca matei ninguém, é verdade, mas por falta de coragem ou de tempo, e não por falta de querer. Não vou à missa aos domingos, nem nos dias de guarda. Cobicei quase todas as mulheres de meus próximos, exceto as feias, e assim violei, pelo menos em intenção, a propriedade privada que Deus pessoalmente sacramentou nas tábuas de Moisés: *Não cobiçarás a mulher de teu próximo, nem seu touro, nem seu asno...* E como se fosse pouco, com premeditação e deslealdade, cometi o ato do amor sem o nobre propósito de reproduzir a mão de obra. Sei muito bem que o pecado carnal não é bem visto no céu; mas desconfio que Deus condena o que ignora.

Teologia/2

O deus dos cristãos, Deus da minha infância, não faz amor. Talvez o único deus que nunca fez amor, entre todos os deuses de todas as religiões da história humana. Cada vez que penso nisso, sinto pena dele. E então o perdoo por ter sido meu superpai castigador, chefe de polícia do universo, e penso que afinal Deus também foi meu amigo naqueles velhos tempos, quando eu acreditava Nele e acreditava que Ele acreditava em mim. Então preparo a orelha, na hora dos rumores mágicos, entre o pôr do sol e o subir da noite, e acho que escuto suas melancólicas confidências.

Teologia/3

Errata: onde o Antigo Testamento diz o que diz, deve dizer aquilo que provavelmente seu principal protagonista me confessou:
Pena que Adão fosse tão burro. Pena que Eva fosse tão surda. E pena que eu não soube me fazer entender.
Adão e Eva eram os primeiros seres humanos que nasciam da minha mão, e reconheço que tinham certos defeitos de estrutura, construção e acabamento. Eles não estavam preparados para escutar, nem para pensar. E eu... bem, eu talvez não estivesse preparado para falar. Antes de Adão e Eva, nunca tinha falado com ninguém. Eu tinha pronunciado belas frases, como "Faça-se a luz", mas sempre na solidão. E foi assim que, naquela tarde, quando encontrei Adão e Eva na hora da brisa, não fui muito eloquente. Não tinha prática.
A primeira coisa que senti foi assombro. Eles acabavam de roubar a fruta da árvore proibida, no centro do Paraíso. Adão tinha posto cara de general que acaba de entregar a espada e Eva olhava para o chão, como se contasse formigas. Mas os dois estavam incrivelmente jovens e belos e radiantes. Me surpreenderam. Eu os tinha feito, mas não sabia que o barro podia ser tão luminoso.
Depois, reconheço, senti inveja. Como ninguém pode me dar ordens, ignoro a dignidade da desobediência. Tampouco posso conhecer a ousadia do amor, que exige dois. Em homenagem ao princípio de autoridade, contive a vontade de cumprimentá-los por terem-se feito subitamente sábios em paixões humanas.

Então, vieram os equívocos. Eles entenderam queda onde falei de voo. Acharam que um pecado merece castigo se for original. Eu disse que quem desama peca: entenderam que quem ama peca. Onde anunciei pradaria em festa, entenderam vale de lágrimas. Eu disse que a dor era o sal que dava gosto à aventura humana: entenderam que eu os estava condenando ao outorgar-lhes a glória de serem mortais e loucos. Entenderam tudo ao contrário. E acreditaram.

Exu

O terremoto de tambores perturba o sono do Rio de Janeiro. Dos matagais, à luz das fogueiras, Exu despreza os ricos e contra eles lança seus malefícios mortais. Pérfido vingador dos sem-nada, ele ilumina a noite e escurece o dia. Se joga uma pedra na floresta, a floresta sangra.

O deus dos pobres é também diabo. Tem duas cabeças: uma de Jesus de Nazaré, a outra de Satanás dos Infernos. Na Bahia é tido por malandro mensageiro de outro mundo, deuzinho de segunda, mas nas favelas do Rio é o poderoso dono da meia-noite. Exu, capaz de carícia e de crime, pode salvar e pode matar.

Ele vem do fundo da terra. Entra, violento, arrebentador, pelas solas dos pés descalços. Emprestam a ele corpo e voz os homens e mulheres que vivem com os ratos, entre quatro tapumes dependurados nos morros, e que em Exu se redimem e se divertem até rolar de rir.

Maria Padilha

Ela é Exu e também uma de suas mulheres, espelho e amante: Maria Padilha, a mais puta das diabas com quem Exu gosta de se revirar nas fogueiras.

Não é difícil reconhecê-la quando entra em algum corpo. Maria Padilha geme, uiva, insulta e ri com muitos maus modos, e no fim do transe exige bebidas caras e cigarros importados. É preciso dar a ela tratamento de grande senhora e rogar-lhe muito para que se digne a exercer sua reconhecida influência junto aos deuses e diabos que mandam mais.

Maria Padilha não entra em qualquer corpo. Ela escolhe, para manifestar-se neste mundo, as mulheres que nos subúrbios do Rio ganham a vida entregando-se a troco de tostões. Assim, as desprezadas se tornam dignas de devoção: a carne de aluguel sobe ao centro do altar. Brilha mais que todos os sóis o lixo da noite.

Cerimônia

O Diabo está bêbado e reumático e tem milhões de anos de idade. Sentado em cima de uma fogueira de cacos de vidro, envolvido em chamas, jorra suor. Reza a missa com as costas apeadas no tronco daquela figueira que, condenada por Cristo, não dá frutos.

"Que se estiver caminhando, veja minha sombra. Que se estiver dormindo..." Sacode a cabeça. Os cornos de trapo balançam sobre os olhos e um fio de baba despenca, trêmulo, de seu lábio; ao redor, estão pendurados os santos do céu e do inferno. A fumaça ondula entre caveiras e amuletos e oferendas; os bodes bebem vinho negro, os galos gritam, os sapos se incham de fumaça de charuto. "Eu te esconjuro pelos nove meses que tua mãe te carregou no ventre, pela água que te jogaram em cima e pelo sal que te deram para comer. Osso por osso e músculo por músculo, veia por veia, nervo por nervo..."

O Diabo se levanta estalando e começa a caminhar encosta acima, pelos arbustos. Um cetro de sete dentes de ferro serve de bastão: os sete soldados, guardiões dos portões do inferno, o guiam no negror da noite e lhe dão forças para manter rijos os músculos enquanto dribla as pedras e a ramagem do morro. Anda torto, enrolando-se aos tropeções com sua própria capa rubro-negra, chamuscada e rota, e a cada passo uma dor aguda retorce seus rins.

Para na metade do caminho. Junto à cascata, uma mulher, de pé, está esperando. Ela carrega uma menina nos braços.
– Tem muita febre?
– Não.
A morte, sua longa língua:
– Está indo. É dor demais para seu pouco tamanho.
"Galo que canta, cão que late, passarinho que pia, gato que mia, criança que chora, Satanás..." O Diabo coça a orelha pontiaguda:
– Não. Porque eu não quero.
Doze rosas brancas. Um punhal virgem. Sete velas vermelhas, sete velas negras. Uma toalha intacta. Um copo não tocado por nenhuma boca.

A estrela e a lua são duas irmãs.
Cosme e Damião...

Acendem as velas. Lá embaixo, antes do mar, tremem, fracas, as luzes da cidade. A madrugada começa a desenhar sua linha no horizonte.
– Sonhei que ela morria.
– Quem dorme com a boca para baixo não sonha.
– Um cavalo apoiava as patas na minha barriga. E depois, com mãos de mulher, me apertava a garganta. Percebi que, se eu dissesse o nome dela, ela morria.
– Qual é o nome?
– O nome de minha mãe.
O diabo coça a barbicha com a unha, longa, do polegar. O diabo não tem cheiro de enxofre. Tem cheiro de cachaça.
– Quantos anos tem?
– Anos, não. Tem dias.
– A avó vem buscá-la. É ela quem quer levar a menina.

A menina está estendida sobre o pano branco, rodeada de flores e velas. O diabo se inclina, se ajoelha, e com a ponta da adaga desenha dois talhos, em cruz, no meio da cabeça. Apoia sobre a ferida suas gengivas sem dentes e bebe o sangue. A menina não tem força para se queixar.

— Iara, que será chamada por outro nome, não vai morrer. O dia que o mundo acabar ela se salvará num carro de fogo. Os tempos mudam todos os dias, mas, de agora em diante, ela é minha neta.

Despeja as rosas nas águas da nascente do morro, para que levem as desgraças e as atirem no mar.

— *Oxalá, Deus das Alturas, Criador do Céu, do Inferno, do Mundo, dos filhos, da tristeza, me ajuda a criar esta filha. Ela é tua filha e minha neta, e filha de minha tristeza, ai.*

Depois ergue o punho para as últimas estrelas do céu e, apontando para ela com os sete dentes de ferro enferrujado, clama, a voz rouca:

— Na hora em que te lembrares, Deus, que essa menina existe sobre a Terra, ela sofrerá. Tua vingança, que os veados da igreja chamam de mistério! Mas por feitiço ela não vai sofrer. Nem por mau-olhado. Nem por inveja, nem por praga, nem por quebranto. Nem por maldição.

Cospe no chão. E continua acusando as alturas e sacudindo o punho peludo, enquanto a luz invade, lenta, o ar cinzento:

— Ah, velho carrasco! Carniceiro!

Ela entrará num jardim e deixará a criança na soleira de uma casa de ricos. Depois continuará caminhando até a costa, até chegar na *praia do Diabo*, que é pequena mas engoliu muita gente. E começará a buscar, na areia ainda fria e úmida, o cordãozinho com aquele talismã que a protegia das penúrias durante o dia e dos pesadelos durante a noite. E, se Iemanjá a chamar das lonjuras do mar, ela se despirá e se deixará ir navegando como se seu corpo fosse uma vela branca, atrás da voz da deusa.

1542, Rio Iguaçu:
A plena luz

Jorrando fumaça debaixo de sua roupa de ferro, atormentado pelas picadas e as chagas, Alvar Núñez Cabeza de Vaca desce do cavalo e vê Deus pela primeira vez.

As mariposas gigantes voam ao seu redor. Cabeza de Vaca se ajoelha frente às Cataratas do Iguaçu. As torrentes, estrepitosas, espumosas, caem do céu para lavar o sangue de todos os caídos e redimir todos os desertos, caudais que desatam vapores e arco-íris e arrancam selvas do fundo da terra seca: águas que bramam, ejaculação de Deus fecundando a terra, eterno primeiro dia da Criação.

Para descobrir esta chuva de Deus caminhou Cabeza de Vaca metade do mundo e navegou a outra metade. Para descobri-la sofreu naufrágios e penas; para vê-la nasceu com olhos na cara. O que lhe sobre de vida será um presente.

1605, Lima:
A noite do Juízo Final

Recém-passado o Natal, com estrondo os canhões da terra voaram a cidade de Arequipa. Arrebentou-se a cordilheira e a terra vomitou os alicerces das casas. Ficou gente esquartejada debaixo dos escombros e as colheitas queimadas debaixo das cinzas. Ergueu-se o mar, enquanto isso, e afogou o porto de Arica.

Ontem, quando entardecia, um frade descalço convocou a multidão na praça de Lima. Anunciou que esta cidade libertina afundaria nas próximas horas e com ela seus arredores até onde se perdia a vista.

– Ninguém poderá fugir! – gritava, uivava. – Nem o mais veloz dos cavalos nem a mais rápida nave poderão escapar!

Quando o sol se pôs, já estavam as ruas cheias de penitentes que se açoitavam à luz dos faróis. Os pecadores gritavam suas culpas nas esquinas e dos balcões os ricos arrojavam à rua as baixelas de prata e as roupas de festa. Segredos tenebrosos se revelavam em viva voz. As esposas infiéis arrancavam as pedras das ruas para golpear o peito. Os ladrões e os sedutores se ajoelhavam na frente de suas vítimas, os amos beijavam os pés de seus escravos e os mendigos não tinham mãos para tantas esmolas. A Igreja recebeu ontem à noite mais dinheiro que em todas as quaresmas de toda a sua história. Quem não buscava padre para confessar, buscava padre para casar. Estavam abarrotados os templos de gente que quis ficar ao seu amparo.

E depois, amanheceu.

O sol brilha como nunca em Lima. Os penitentes buscam unguentos para suas costas esfoladas e os amos perseguem seus escravos. As recém-casadas perguntam por seus maridos novinhos em folha, que a luz do dia evaporou; os arrependidos andam pelas ruas em busca de pecados novos. Escutam-se prantos e maldições atrás de cada porta. Não há um mendigo que não se tenha perdido de vista. Também os curas esconderam-se, para contar as montanhas de moedas que Deus aceitou ontem à noite. Com o dinheiro que sobra, as igrejas de Lima comprarão na Espanha autênticas penas do arcanjo Gabriel.

A Pachamama

No planalto andino, mama é a Virgem e mama é a terra e o tempo.

Fica zangada a terra, a mãe terra, a Pachamama, se alguém bebe sem lhe oferecer. Quando ela sente muita sede, quebra a botija e derrama o que está lá dentro.

A ela se oferece a placenta do recém-nascido, enterrando-a entre as flores, para que a criança viva; e para que o amor viva, os amantes enterram cachos de cabelos.

A deusa terra recolhe nos braços os cansados e os maltrapilhos que dela brotaram, e se abre para lhes dar refúgio no fim da viagem. Lá embaixo da terra, os mortos florescem.

A terra pode nos comer quando quiser

Um pontinho vem crescendo, pouco a pouco, da lonjura. Nesta estepe gelada, sem pasto nem marcas, de onde até os corvos fogem, a luz queima os olhos. A puna é tão alta que se pode tocar o céu com as mãos: a luz cai de muito perto, e arranca da pedra lisa brilhos de cor púrpura ou de cor de enxofre.

O pontinho vai se convertendo, lentamente, em uma mulher que corre. Usa um chapéu preto como os de Potosí e um xale vermelho, tão amplo como sua vasta saia. Ela corre deslizando no meio dessas desolações que não começam nem terminam nunca, banhada pela luminosidade que sai do chão como se estivesse atrasada para chegar a algum encontro.

Pelo que me contaram aqui, o *yatiri* virou *yatiri* sem querer ou decidir. Foi escolhido. E nem as ovelhas viram isso – não havia homens ou animais: não havia ninguém. Uma voz o chamou do alto da noite quando ele ainda não era *yatiri*, e ele subiu atrás da voz caminhando pela montanha até chegar lá em cima, muito além das nuvens. Sentou ao pé da pedra e esperou.

Então caiu o primeiro raio e ele foi partido em pedaços. Depois caiu o segundo raio e os pedaços se reuniram, mas ele não podia ficar em pé. Aí caiu o terceiro raio, que o soldou.

Assim foi quebrado e construído o *yatiri*, morto e renascido, e assim foi sempre, pelo que me contaram aqui, desde que *Viracocha* criou o mundo e o raio que cai, as pedras que despencam, os rios que arrasam plantações e currais, a inundação e a seca, as epidemias e os terremotos. (E desde que criou a nós, os homens, ou nos sonhou, porque aí ele já estava dormindo.)

Uma cortina de água apaga o vão alto e negro que separa os picos altos no horizonte. Um relâmpago atravessa esse vão. Está chovendo para os lados de Chayanta.

Debaixo da terra, metidos nas grotas e nas fendas, os homens perseguem os filões. Que aparecem, escorrem, se oferecem, se negam: é uma víbora cor de café e em sua carne brilha, trêmula, a cassiterita. Uma caçada que se faz em três turnos, bem no meio da montanha. E dela participam milhares de homens armados de cartuchos de dinamite ou de *anfo*: essa manteiga também se usa para brigar em cima da terra e os capatazes desconfiam quando veem os pacotes que os mineiros costumam levar debaixo de seus casacões de trabalho, que são amarelos – de um amarelo raivoso.

Um rato agarrado num buraco fundo: uma opressão entre o peito e as costas, uma dor que caminha pelo corpo: a vingança do pó de silício: antes da tosse e do sangue e da aniquilação temporã, os perseguidores do filão perdem o gosto da bebida e da comida e perdem o cheiro das coisas.

Llallagua: deusa da fecundidade e da abundância. Llallagua: um grande depósito de lixo cercado de potes de chicha. Alguém cruza a ponte sobre o Rio Seco, arrastando um carrinho de mão cheio de cachorros mortos, com as bocas abertas.

Tenho, tenho, diz
e não tem nada
nem um tostão
no bolso
para os cigarros.

O rio é um leito cinza e escasso que corre entre as pedras. Todas as águas de Llallagua acabam parecidas com a areia espessa que brota da boca da mina e todas as ruelas de *Llallagua*, escorregadias de barro, levam para o lixo.

Aqui, o sol incendeia, o vento arrebenta, a sombra gela, o frio fere, a chuva cai como pedradas. Durante o dia, o inverno e o verão cortam os corpos em dois – ao mesmo tempo.

À luz de velas, uma mulher dança *huayno* no chão de terra. As várias saias da mulher flutuam e a longa trança negra voa para trás e para a frente, e ela acaricia a trança com os dedos.

Alguém segreda: "A Hortênsia tem amor, mas só por um tempinho. Vai oferecer maravilhas para ele. Mas depois..."

Todos bebem:

– Aqui! Aqui! Seco, fundo seco, mostrem os copos! Sirva-se, sirva-se, não seja galinha, vamos ver!

– A gente tem de fuzilá-los, porra, todos, todinhos, porra!

– Um trago por isso! Um brinde pelos que dançam! Mas que seja forte!

– Na nuca, porra, por tanta encheção de saco! E a tiros, que é melhor! É, além disso, mais pedagógico, porra!

– Um brinde por Camacho! Brindemos por merda nenhuma! Eu estou na rua, nesta merda de rua!

El Lobo tem duas mulheres, mas todos sabem que uma, a corcundinha, só serve como amuleto, e que a outra quer tirar a roupa toda vez que fica bêbada.

Cantarei, e só,
dançarei, e só,
não sobrou nem água para mim.

Quem trabalha nas manhãs de segunda-feira? Os distraídos e os suicidas. Nem os padres.

Meteram duas lhamas brancas, vivas, no fundo do grotão. O *yatiri* afundou no pescoço delas seu punhal de prata e bebeu o sangue quente na concha de sua mão, e depois ofereceu sangue à terra, porque a terra pode nos comer quando quiser. Com um chifre de caça, chamou os inimigos dos mineiros e levou-os para longe.

– Irmãos, companheiros. Estamos oferecendo boa presa para que apareçam bons filões nas minas, e a sorte boa contra os desmoronamentos e contra os caminhos perdidos. Agora estamos brindando pelos tios e tias, e neste instante eles estão fazendo o mesmo por nós. Eles estão enchendo a cara no inferno, pela nossa saúde.

Os mineiros, sentados em roda, olhavam – sem fixar os olhos – para o *Tio*, em seu trono iluminado pela luz das velas, suas sombras espantosas nas paredes das grutas. Nas vasilhas, aos pés do *Tio*, a aguardente ia baixando de nível e desaparecendo, as vísceras das lhamas sofriam dentadas invisíveis, e as folhas de coca se convertiam em polpa babada. O charuto virava cinza na boca do diabo de barro.

– As duas lhamas que sacrificamos estão sendo devoradas pelos diabos, e todas as virgens, junto com eles, também estão comendo a carne sagrada. E amanhã, ao amanhecer, vamos recolher os restos que sobrarem, e então vamos comer nós. E durante sete dias ninguém entrará aqui e ninguém trabalhará.

Me perguntavam como era o mar. Eu contava que na boca dos pescadores o mar é sempre mulher e se chama *la mar*. Que é salgado e muda de cor. Contava para eles como as grandes ondas vêm rodando com suas cristas brancas e se levantam e se estraçalham contra as rochas e caem revolvendo-se na areia. Contava para eles da bravura do mar, que não obedece a ninguém a não ser à lua, e contava que no fundo ele guarda barcos mortos e tesouros de piratas.

1774, San Andrés Itzapan:
Dominus vobiscum

Os índios são obrigados a cuspir cada vez que falam em qualquer um dos seus deuses.

São obrigados a dançar danças novas, o Baile da Conquista e o Baile de Mouros e Cristãos, que celebram a invasão da América e a humilhação dos infiéis.

São obrigados a cobrir seus corpos, porque a luta contra a idolatria é também uma luta contra a nudez, a perigosa nudez que produz em quem a contempla, segundo o arcebispo da Guatemala, *muita lesão no cérebro*.

São obrigados a repetir de cor a Ladainha, a Ave-Maria e o Pai-Nosso.

Terão virado cristãos os índios da Guatemala?

O frade doutrinador de San Andrés Itzapan não tem muita certeza. Diz que explicou o mistério da Santíssima Trindade dobrando um pano e mostrando-o aos índios: *Olhai: um pano só, em três dobras. Assim também é Deus.* E diz que os índios ficaram convencidos de que Deus é de pano.

Os índios fazem a Virgem desfilar em andores de plumas, e chamando-a de Avó da Luz pedem todas as noites que ela traga o sol na manhã seguinte; mas com maior devoção veneram a serpente que ela esmaga com o pé. Oferecem incenso à serpente, velho deus que dá bom milho e bom veado e ajuda a matar os inimigos. Mais do que a São Jorge, celebram o dragão, cobrindo-o de flores; e as flores aos pés do apóstolo São Tiago rendem homenagem ao cavalo, e não ao apóstolo. Identificam-se com Jesus, que foi condenado sem provas, como eles; mas não adoram a cruz por ser símbolo de sua imolação, e sim porque a cruz tem a forma do fecundo encontro da chuva com a terra.

1957, Sucre:
São Lúcio

O padre de Sucre expulsa do templo Santa Lúcia, porque santa com pênis nunca se viu.

A princípio pareceu um gânglio, um carocinho no pescoço, e depois foi descendo, descendo, e crescendo, crescendo, debaixo da sagrada túnica cada dia mais curta. Todo mundo bancava o distraído, até que um menino gritou a terrível evidência:

– Santa Lúcia tem piroca!

Condenado ao exílio, São Lúcio encontra refúgio num rancho, não longe de onde se ergue o templo do Santo Ovo. Com o tempo os pescadores elevam para ele um altar, porque São Lúcio é festeiro e de confiança, partilha as farras de seus fiéis, ouve seus segredos e se alegra quando é verão e os peixes vêm subindo.

Ele, que soube ser ela, não aparece no santoral do almanaque Bristol.

Promessa da América

O tigre azul romperá o mundo.
Outra terra, a que não tem mal, a que não tem morte, vai nascer da aniquilação desta terra. Ela pede que seja assim. Pede a morte, pede o nascimento, esta terra velha e ofendida. Ela está cansadíssima e, de tanto chorar por dentro, ficou cega. Moribunda, atravessa os dias, lixo do tempo, e quando é noite inspira piedade às estrelas. Logo, logo, o Pai Primeiro escutará as súplicas do mundo, terra querendo ser outra, e então soltará o tigre azul que dorme debaixo da sua rede.
Esperando esse momento, os índios guaranis peregrinam pela terra condenada.
– Você tem alguma coisa que dizer para nós, colibri?
Dançam sem parar, cada vez mais leves, mais voadores, e cantam os cantos sagrados que celebram o próximo nascimento da outra terra.
– Lança raios, lança raios, colibri!
Buscando o paraíso chegaram até as costas do mar e até o centro da América. Rodaram selvas e serras e rios perseguindo a terra nova, a que será fundada sem velhice nem doença nem nada que interrompa a incessante festa de viver. Os cantos anunciam que o milho crescerá por sua conta e as flechas voarão sozinhas na floresta; e não serão necessários o castigo e o perdão, porque não haverá proibição nem culpa.

Novembro, 2:
Dia de Finados

No México, os vivos convidam os mortos, na noite de hoje de todo ano, e os mortos comem e bebem e dançam e ficam em dia com as intrigas e as novidades da vizinhança.

Mas no final da noite, quando os sinos e a primeira luz da alvorada lhes dizem adeus, alguns mortos se fazem de vivos e se escondem nas ramagens ou entre as tumbas do campo-santo. Então as pessoas os espantam a vassouradas: *vão embora de uma vez, deixem a gente em paz, não queremos ver vocês até o ano que vem.*

É que os defuntos são desse tipo de visita que gosta de ir ficando.

No Haiti, uma antiga tradição proíbe levar o ataúde em linha reta até o cemitério. O cortejo segue em zigue-zague e dando muitas voltas, por aqui, por ali e outra vez por aqui, para despistar o defunto, e para que ele não consiga mais encontrar o caminho de volta para casa.

No Haiti, como em todo lugar, os mortos são muitíssimos mais que os vivos.

A minoria vivente se defende do jeito que dá.

Junho, 29:
O Logo Aqui

Dizem que dizem que hoje é Dia de São Pedro, e dizem que ele tem as chaves do Céu.

Vai saber.

Fontes bem informadas asseguram que o Céu e o Inferno não passam de dois nomes deste nosso mundo, que todos nós os levamos conosco.

Repita a ordem, por favor

Nos nossos dias, a ditadura universal do mercado dita ordens que, na verdade, são contraditórias:
É preciso apertar o cinto e baixar as calças.
As ordens que descem lá do alto céu não são lá muito mais coerentes, verdade seja dita. Na Bíblia (Êxodo, 20), Deus ordena:
Não matarás.
E no capítulo seguinte (Êxodo, 21), o mesmo Deus manda matar por cinco motivos diferentes.

A pegada e o pé

A desmemória

Estou lendo um romance de Louise Erdrich.
A certa altura, um bisavô encontra seu bisneto.
O bisavô está completamente lelé (*seus pensamentos têm a cor da água*) e sorri com o mesmo beatífico sorriso de seu bisneto recém-nascido. O bisavô é feliz porque perdeu a memória que tinha. O bisneto é feliz porque não tem, ainda, nenhuma memória.
Eis aqui, penso, a felicidade perfeita. Não a quero.

As cores

Eram brancas as plumas dos pássaros e branca a pele dos animais.

Azuis são, agora, os que se banharam em um lago onde não desembocava nenhum rio, e nenhum rio nascia. Vermelhos, os que mergulharam no lago do sangue derramado por um menino da tribo kadiueu. Têm a cor da terra os que se revolveram no barro, e o da cinza os que buscaram calor nos fogões apagados. Verdes são os que esfregaram seus corpos na folhagem, e brancos os que ficaram quietos.

Eles vinham de longe

Se tivessem conhecido o idioma da cidade, poderiam ter perguntado quem fez o homem branco, de onde saiu a força dos automóveis, quem segura os aviões lá no céu, por que os deuses nos negaram o aço.

Mas não conheciam o idioma da cidade. Falavam a velha língua dos antepassados, que não tinham sido pastores nem vivido nas alturas da serra nevada de Santa Marta. Porque antes dos quatro séculos de perseguição e espoliação, os avós dos avós dos avós tinham trabalhado as terras férteis que os netos dos netos dos netos não puderam conhecer nem de vista nem de ouvir falar.

De modo que agora eles não podiam fazer outro comentário que aquele que nascia, em chispas bem-humoradas, dos olhos: olhavam essas mãos pequeninas dos homens brancos, mãos de lagartixa, e pensavam: essas mãos não sabem caçar, e pensavam: só podem dar presentes feitos pelos outros.

Estavam parados numa esquina da capital, o chefe e três de seus homens, sem medo. Não os sobressaltava a vertigem do trânsito das máquinas e das pessoas, nem temiam que os edifícios gigantes pudessem cair das nuvens e despencar em cima deles. Acariciavam com a ponta dos dedos seus colares de várias voltas de dentes e sementes, e não se deixavam impressionar pelo barulho das avenidas. Seus corações sentiam pena dos milhões de cidadãos que passavam por cima e por baixo, de costas e de frente e de lado, sobre pernas e sobre rodas, a todo vapor: "Que seria de todos vocês" – perguntavam lentamente seus corações – "se nós não fizéssemos o sol sair todos os dias?".

1523, Cuzco:
Huaina Cápac

Enfrentando o sol que aparece, atira-se na terra e humilha a face. Recolhe com as mãos os primeiros raios e leva-os à boca e bebe a luz.

Depois, ergue-se e fica em pé. Olha fixo o sol, sem pestanejar. Atrás de Huaina Cápac, suas muitas mulheres aguardam com a cabeça baixa. Esperam também, em silêncio, os muitos príncipes. O Inca está olhando para o sol, olha-o de igual para igual, e um murmúrio de escândalo cresce entre os sacerdotes.

Passaram-se muitos anos desde o dia em que Huaina Cápac, filho do pai resplandecente, subiu ao trono com o título de poderoso e jovem chefe rico de virtudes. Ele estendeu seu império muito além das fronteiras de seus antepassados. Faminto de poder, descobridor, conquistador, Huaina Cápac conduziu seus exércitos da selva amazônica até as alturas de Quito, e de Chaco até a costa do Chile. A golpes de machado e voo de flechas, fez-se dono de novas montanhas e planícies e areais. Não há quem não sonhe com ele nem existe quem não o tema neste reino que é, agora, maior que a Europa. De Huaina Cápac dependem os pastos, a água e as pessoas. Por causa de sua vontade se moveram a cordilheira e as pessoas. Neste império que não conhece a roda, ele mandou construir edifícios, em Quito, com pedras de Cuzco, *para que no futuro se entenda sua grandeza e sua palavra seja acreditada pelos homens.*

O Inca está olhando fixo para o sol. Não por desafio, como temem os sacerdotes, mas por piedade. Huaina Cápac sente pena do sol, porque sendo o sol seu pai e pai de todos os incas desde o antigamente das idades, não tem direito à fadiga nem ao aborrecimento. O sol jamais descansa, jamais brinca, jamais esquece. Não pode faltar ao dever de cada dia e através do céu percorre, hoje, o caminho de ontem e de amanhã.

Enquanto contempla o sol, Huaina Cápac decide: "Breve, morrerei".

1524, Quetzaltenango:
O poeta contará às crianças a história desta batalha

O poeta falará de Pedro de Alvarado e de quem com ele veio para ensinar o medo.

Contará que quando as tropas indígenas já tinham sido arrasadas, e era a Guatemala campo de carnificina, o capitão Tecum Umán ergueu-se pelo ar e voou com asas e plumas nascidas de seu corpo. Voou e caiu sobre Alvarado e com um golpe feroz arrancou a cabeça de seu cavalo. Mas Alvarado e o cavalo se partiram em dois e divididos ficaram: o conquistador soltou-se do cavalo decapitado e se levantou. Novamente se pôs a voar o capitão Tecum e subiu, fulgurante, até bem lá no alto. Quando precipitou-se das nuvens, Alvarado esquivou-se e atravessou-o com sua lança. Acudiram os cães para despedaçar Tecum Umán, e a espada de Alvarado se interpôs. Longo tempo ficou Alvarado contemplando o vencido, seu corpo aberto, a plumagem de quetzal que brotava dos braços e pernas, as asas quebradas, a triple coroa de pérolas, diamantes e esmeraldas. Alvarado chamou seus soldados. E lhes disse: "Olhai", e obrigou-os a tirar os capacetes.

As crianças, sentadas em volta do poeta, perguntarão:
– E tudo isso, você viu? Escutou?

– Sim.
– Você estava aqui? – perguntaram as crianças.
– Não. Dos que estavam aqui, nenhum dos nossos sobreviveu.

O poeta apontará para as nuvens em movimento e para o balanço das copas das árvores.

– Veem as lanças? – perguntará. – Veem as patas dos cavalos? A chuva de flechas? A fumaça?

– Escutem – dirá, e apoiará a orelha na terra, cheia de estampidos.

E lhes ensinará a cheirar a história no vento, a tocá-la nas pedras polidas pelo rio e a conhecer seu sabor mascando certas ervas, assim, sem pressa, como quem mastiga tristeza.

E se por acaso perdes a alma...

O que essa índia huichole, a ponto de parir, está fazendo? Ela lembra. Recorda intensamente a noite de amor de onde vem a criança que vai nascer. Pensa nisso com toda a força de sua memória e sua alegria. Assim o corpo se abre, feliz da felicidade que teve, e então nasce um bom huichole, que será digno do gozo que o fez.

Um bom huichole cuida da alma, sua alumbradora força de vida, mas sabe-se bem que a alma é menor que uma formiga e mais suave que um sussurro, uma coisa de nada, um arzinho, e em qualquer descuido pode se perder.

Um rapaz tropeça e rola serra abaixo e a alma se solta e cai no rolar, amarrada que estava só por um fio de teia de aranha. Então o jovem huichole se atordoa e fica doente. Balbuciando chama o guardião dos cantos sagrados, o sacerdote feiticeiro.

O que procura esse velho índio cavoucando a serra? Percorre o rastro por onde andou o doente. Sobe, muito em silêncio, entre os rochedos afiados, explorando as ramagens, folha por folha, e debaixo das pedrinhas. *Onde caiu a vida? Onde se assustou a vida?* Caminha lentamente e com os ouvidos muito abertos, porque as almas perdidas choram e às vezes assoviam como a brisa.

Quando encontra a alma, o sacerdote feiticeiro a levanta na ponta de uma pluma, a enrola em um minúsculo floco de algodão e, dentro de uma palhinha oca, a leva de volta a seu dono, que não morrerá.

Os chapéus

Os chapéus de agora chegaram à Bolívia vindos da Europa, trazidos pelos conquistadores e os mercadores; mas se tornaram bem desta terra e desta gente. Nasceram feito marca de gado, obrigatórios disfarces vindos da Espanha para que cada senhor reconhecesse os índios de sua propriedade. Com o passar do tempo, as comunidades foram pondo neles suas próprias marcas de orgulho, seus sinais de alegria: estrelas e luas de prata, plumas coloridas, contas de vidro, flores de papel, coroas de milho... Depois os ingleses inundaram a Bolívia com chapéus de feltro e chapéus de copa, cartola negra das índias de Potosí, cartola branca das índias de Cochabamba; e por engano chegou o chapéu borsalino, da Itália, e ficou vivendo nas cabeças das índias de La Paz.

Poderá andar descalço o índio boliviano, homem ou mulher, menino ou menina; mas sem chapéu, não. O chapéu prolonga a cabeça que protege; e quando a alma cai, o chapéu a recolhe do chão.

1984, Rio de Janeiro:
Desandanças da memória coletiva

O contador público João David dos Santos deu um pulo de alegria quando conseguiu receber seus muitos salários atrasados. Não foi em dinheiro, mas conseguiu receber. Na falta de dinheiro, um centro de investigação em ciências sociais pagou-lhe com uma biblioteca completa, de nove mil livros e mais de cinco mil jornais e folhetos. A biblioteca era dedicada à história contemporânea do Brasil. Continha materiais muito valiosos sobre as ligas camponesas do Nordeste, os governos de Getúlio Vargas e muitos outros temas.

Então o contador Santos pôs a biblioteca à venda. Ofereceu-a aos organismos culturais, aos institutos de história, aos diversos ministérios. Nenhum tinha fundos. Tentou as universidades, oficiais e privadas, uma após outra. Não adiantou nada. Numa universidade deixou a biblioteca emprestada, por alguns meses, até que lhe exigiram que começasse a pagar aluguel. Depois tentou os particulares. Ninguém mostrou o menor interesse: a história nacional é enigma ou mentira ou bocejo.

O infeliz contador Santos sente um grande alívio quando finalmente consegue vender sua biblioteca à Fábrica de Papel Tijuca, que transforma todos esses livros e jornais e folhetos em papel higiênico colorido.

1984, Favela Violeta Parra:
O nome roubado

A ditadura do general Pinochet muda os nomes de vinte favelas, casas de lata e papelão, nos arredores de Santiago do Chile. No rebatismo, Violeta Parra recebe o nome de algum militar heroico.

Mas seus habitantes se negam a usar esse nome não escolhido: eles são Violeta Parra ou não são nada.

Faz tempo, numa unânime assembleia, tinham decidido se chamar como aquela camponesa cantora, de voz gastadinha, que em suas canções briguentas soube celebrar os mistérios do Chile.

Violeta era pecante e picante, amiga do violeiro e da viola e da conversa e do amor, e por dançar e gracejar deixava queimar suas empanadas. *Gracias a la vida, que me ha dado tanto*, cantou em sua última canção; e uma reviravolta de amor atirou-a na morte.

1984, Tepic:
O nome encontrado

Na serra mexicana de Nayarit, havia uma comunidade que não tinha nome. Há séculos andava buscando nome essa comunidade de índios huicholes. Carlos González o encontrou, numa pura casualidade.

Este índio huichol tinha vindo à cidade de Tepic para comprar sementes e visitar parentes. Ao atravessar um depósito de lixo, apanhou um livro jogado entre os restos. Há alguns anos Carlos tinha aprendido a ler a língua de Castela, que mal ou bem conseguia. Sentado à sombra de um beiral, começou a decifrar as páginas. O livro falava de um país de nome estranho, que Carlos não sabia localizar, mas que devia estar bem longe do México, e contava uma história recente.

No caminho de regresso, caminhando serra acima, Carlos continuou lendo. Não podia se soltar desta história de horror e bravura. O personagem central do livro era um homem que tinha cumprido sua palavra. Ao chegar na aldeia, Carlos anunciou, eufórico:

– Finalmente temos nome!

E leu o livro, em voz alta, para todos. A tropeçada leitura ocupou quase uma semana. Depois, as cento e cinquenta famílias votaram. Todas votaram sim. Com danças e cantos selou-se o batizado.

Agora, têm como ser chamados. Esta comunidade leva o nome de um homem digno, que não duvidou na hora de escolher entre a traição e a morte.

– Vou para Salvador Allende – dizem, agora, os caminhantes.

1562, Maní:
Se engana o fogo

Frei Diego de Landa atira às chamas, um após outro, os livros dos maias.

O inquisidor amaldiçoa Satanás e o fogo crepita e devora. Em volta do queimadeiro, os hereges uivam de cabeça para baixo. Pendurados pelos pés, em carne viva pelas chibatadas, os índios recebem banhos de cera fervendo enquanto crescem as chamas e gemem os livros, como queixando-se.

Esta noite se transformam em cinzas oito séculos de literatura maia. Nestes longos rolos de papel de casca de árvore, falavam os sinais e as imagens: contavam os trabalhos e os dias, os sonhos e as guerras de um povo nascido antes que Cristo. Com pincéis de pelos de javali, os sabedores de coisas tinham pintado estes livros iluminados, iluminadores, para que os netos dos netos não fossem cegos e soubessem ver-se e ver a história dos seus, para que conhecessem os movimentos das estrelas, as frequências dos eclipses e as profecias dos deuses, e para que pudessem chamar as chuvas e as boas colheitas de milho.

Ao centro, o inquisidor queima os livros. Ao redor da fogueira imensa, castiga os leitores. Enquanto isso, os autores, artistas-sacerdotes mortos há anos ou séculos, bebem chocolate na sombra fresca da primeira árvore do mundo. Eles estão em paz, porque morreram sabendo que a memória não se incendeia. Não se cantará e dançará, por acaso, pelos tempos dos tempos, o que eles tinham pintado?

Quando queimam suas casinhas de papel, a memória encontra refúgio nas bocas que cantam as glórias dos homens e deuses, *cantares que de gente em gente ficam*, e nos corpos que dançam ao som dos troncos ocos, dos cascos de tartaruga e das flautas de taquara.

1760, Bahia:
Tua outra cabeça, tua outra memória

Do relógio de sol do convento de São Francisco, uma lúgubre inscrição recorda aos caminhantes como a vida é fugaz: *Cada hora que passa te fere e a última te matará.*
São palavras escritas em latim. Os escravos negros da Bahia não entendem latim nem sabem ler. Da África trouxeram deuses alegres e brigões: com eles estão, com eles se vão. Quem morre, entra. Soam os tambores para que o morto não se perca e chegue à região de Oxalá. Lá na casa do criador dos criadores, espera por ele sua outra cabeça, a cabeça imortal. Todos nós temos duas cabeças e duas memórias. Uma cabeça de barro, que será pó, e outra invulnerável para sempre às mordidas do tempo e da paixão. Uma memória que a morte mata, bússola que acaba com a viagem, e outra memória, a memória coletiva, que viverá enquanto viver a aventura humana no mundo.
Quando o ar do universo se agitou e respirou pela primeira vez, e nasceu o deus dos deuses, não havia separação entre a terra e o céu. Agora parecem divorciados; mas o céu e a terra voltam a se unir cada vez que alguém morre, cada vez que alguém nasce e cada vez que alguém recebe os deuses em seu corpo palpitante.

Abril, 5:
Dia da luz

Aconteceu na África, em Ifé, cidade sagrada do reino dos iorubas, talvez num dia como hoje, ou quem sabe quando.

Um velho, já muito enfermo, reuniu seus três filhos e anunciou:

– Minhas coisas mais queridas serão de quem conseguir encher esta sala completamente.

E esperou lá fora, sentado, enquanto a noite caía.

Um dos filhos trouxe toda a palha que conseguiu juntar, mas a sala só ficou cheia até a metade.

Outro filho trouxe toda a areia que conseguiu reunir, mas metade da sala ficou vazia.

O terceiro filho acendeu uma vela.

E a sala se encheu.

A viagem

Oriol Vall, que cuida dos recém-nascidos em um hospital de Barcelona, diz que o primeiro gesto humano é o abraço. Depois de sair ao mundo, no princípio de seus dias, os bebês agitam os braços, como buscando alguém.

Outros médicos, que se ocupam dos já vividos, dizem que os velhos, no final de seus dias, morrem querendo erguer os braços.

E assim são as coisas, por mais voltas que se queira dar à questão, e por mais palavras que se digam. A isso, simples assim, se reduz tudo: entre o primeiro bater de asas e o derradeiro, sem maiores explicações, transcorre a viagem.

Janela sobre a memória

À beira-mar de outro mar, outro oleiro se aposenta, em seus anos finais.

Seus olhos se cobrem de névoa, suas mãos tremem: chegou a hora do adeus. Então acontece a cerimônia de iniciação: o oleiro velho oferece ao oleiro jovem sua melhor peça. Assim manda a tradição, entre os índios do noroeste da América: o artista que se despede entrega sua obra-prima ao artista que se apresenta.

E o oleiro jovem não guarda esta peça perfeita para contemplá-la e admirá-la: a espatifa contra o solo, a quebra em mil pedacinhos, recolhe os pedacinhos e os incorpora à sua própria argila.

Ajudando a olhar

O teatro dos sonhos

Como todos os anos, os índios zapotecas chegam à meseta do Pedimento.

De um lado se vê o mar e do outro, picos e precipícios.

Aqui se desatam os sonhos. Um homem ajoelhado se levanta e se mete no bosque: leva no braço uma noiva invisível. Alguém se move como lânguida medusa, navegando em barca de ar. Há quem desenhe no vento e há quem cavalgue, majestoso, arrastando um galho entre as pernas. As pedrinhas se transformam em grãos de milho e as bolotas das árvores, em ovos de galinha. Os velhos se fazem meninos e os meninos, gigantes; uma folha de árvore se transforma em espelho e devolve formoso rosto a quem a olhe.

O encanto se rompe se alguém não levar a sério este ensaio geral de vida.

A função da arte/1

O pastor Miguel Brun me contou que há alguns anos esteve com os índios do Chaco paraguaio. Ele formava parte de uma missão evangelizadora. Os missionários visitaram um cacique que tinha fama de ser muito sábio. O cacique, um gordo quieto e calado, escutou sem pestanejar a propaganda religiosa que leram para ele na língua dos índios. Quando a leitura terminou, os missionários ficaram esperando.
O cacique levou um tempo. Depois, opinou:
– Você coça. E coça bastante, e coça muito bem.
E sentenciou:
– Mas onde você coça não coça.

A função da arte/2

Diego não conhecia o mar. O pai, Santiago Kovadloff, levou-o para que descobrisse o mar.

Viajaram para o Sul.

Ele, o mar, estava do outro lado das dunas altas, esperando.

Quando o menino e o pai enfim alcançaram aquelas alturas de areia, depois de muito caminhar, o mar estava na frente de seus olhos. E foi tanta a imensidão do mar, e tanto o seu fulgor, que o menino ficou mudo de beleza.

E quando finalmente conseguiu falar, tremendo, gaguejando, pediu ao pai:

– Me ajuda a olhar!

A função da arte/3

É meio-dia e James Baldwin está caminhando com um amigo nas ruas do sul da ilha de Manhattan. O sinal fechado os detém numa esquina.
– Olha – diz o amigo, apontando o chão.
Baldwin olha. Não vê nada.
– Olha, olha.
Nada. Ali não há nada para ser olhado, nada para ser visto. Uma poça d'água contra o meio-fio e nada mais. Mas o amigo insiste:
– Viu? Está vendo?
E então Baldwin crava o olhar e vê. Vê uma mancha de óleo estremecendo na poça d'água. Depois, na mancha de óleo vê o arco-íris. E lá dentro, poça adentro, a rua passa, e as pessoas passam pela rua, os náufragos e os loucos e os magos, e o mundo inteiro passa, assombroso mundo cheio de mundos que no mundo brilham: e Baldwin vê, pela primeira vez na vida, vê.

1701, Vale das Salinas:
A pele de Deus

Os índios chiriguanos, do povo guarani, navegaram o rio Pilcomayo, há anos ou séculos, e chegaram até a fronteira do império dos incas. Aqui ficaram, frente às primeiras alturas dos Andes, esperando pela terra sem mal e sem morte. Aqui cantam e dançam os perseguidores do paraíso.

Os chiriguanos não conheciam o papel. Descobrem o papel, a palavra escrita, a palavra impressa, quando os frades franciscanos de Chuquisaca apareceram nesta comarca depois de muito andar, trazendo livros sagrados nos alforjes.

Como não conheciam o papel, nem sabiam que precisavam dele, os índios não tinham nenhum nome para ele. Hoje dizem *pele de Deus*, porque o papel serve para mandar palavras aos amigos que estão longe.

A uva e o vinho

Um homem dos vinhedos falou, em agonia, junto ao ouvido de Marcela. Antes de morrer, revelou a ela o segredo:
– A uva – sussurrou – é feita de vinho.
Marcela Pérez-Silva me contou isso, e eu pensei: se a uva é feita de vinho, talvez a gente seja as palavras que contam o que a gente é.

A casa das palavras

Na casa das palavras, sonhou Helena Villagra, chegavam os poetas. As palavras, guardadas em velhos frascos de cristal, esperavam pelos poetas e se ofereciam, loucas de vontade de ser escolhidas: elas rogavam aos poetas que as olhassem, as cheirassem, as tocassem, as provassem. Os poetas abriam os frascos, provavam palavras com o dedo e então lambiam os lábios ou fechavam a cara. Os poetas andavam em busca de palavras que não conheciam, e também buscavam palavras que conheciam e tinham perdido.

Na casa das palavras havia uma mesa das cores. Em grandes travessas as cores eram oferecidas e cada poeta se servia da cor que estava precisando: amarelo-limão ou amarelo-sol, azul do mar ou de fumaça, vermelho-lacre, vermelho-sangue, vermelho-vinho...

A função do leitor

Era o meio centenário da morte de César Vallejo, e houve celebrações. Na Espanha, Julio Vélez organizou conferências, seminários, edições e uma exposição que oferecia imagens do poeta, sua terra, seu tempo e sua gente.

Mas naqueles dias Julio Vélez conheceu José Manuel Castañón; e então a homenagem inteira ficou capenga.

José Manuel Castañón tinha sido capitão na guerra espanhola. Lutando ao lado de Franco, tinha perdido a mão e ganhado algumas medalhas.

Certa noite, pouco depois da guerra, o capitão descobriu, por acaso, um livro proibido. Chegou perto, leu um verso, leu dois versos, e não pôde mais se soltar. O capitão Castañón, herói do exército vencedor, passou a noite toda em claro, grudado no livro, lendo e relendo César Vallejo, poeta dos vencidos. E, ao amanhecer daquela noite, renunciou ao exército e se negou a receber qualquer peseta do governo de Franco.

Depois, foi preso; e partiu para o exílio.

1655, San Miguel de Nepantla: Juana aos quatro anos

Anda Juana e dá-lhe conversa com a alma, que é tua companheira de dentro, enquanto caminha pela beira da calçada. Sente-se muito feliz porque tem soluço, e Juana cresce quando tem soluço. Para e olha a sombra, que cresce com ela, e com um galho vai medindo-a depois de cada pulinho de sua barriga. Também os vulcões cresciam com o soluço, antes, quando estavam vivos, antes de que os queimasse o seu próprio fogo. Dois dos vulcões ainda fumegam, mas já não têm soluço. Já não crescem. Juana tem soluço e cresce. Cresce.

Chorar, em compensação, encolhe. Por isso têm tamanho de barata as velhinhas e as carpideiras dos enterros. Isto não dizem os livros do avô, que Juana lê, mas ela sabe. São coisas que sabe, de tanto conversar com a alma. Também com as nuvens conversa Juana. Para conversar com as nuvens, é preciso subir nas montanhas ou nos galhos mais altos das árvores.

– Eu sou nuvem. Nós, nuvens, temos caras e mãos. Pés, não.

1658, San Miguel de Nepantla: Juana aos sete anos

Pelo espelho vê entrar a mãe e solta a espada, que cai com o rumor de um canhão, e dá Juana tamanho pulo que toda a sua cara fica metida debaixo do chapéu de abas imensas.
– Não estou brincando – zanga ante o riso de sua mãe.
Livra-se do chapéu e aparecem os bigodões de carvão. Mal navegam as perninhas de Juana nas enormes botas de couro; tropeça e cai no chão e chuta, humilhada, furiosa; a mãe não para de rir.
– Não estou brincando! – protesta Juana, com água nos olhos.
– Eu sou homem! Eu irei à universidade, porque sou homem!
A mãe acaricia sua cabeça.
– Minha filha louca, minha bela Juana. Deveria açoitar-te por estas indecências.
Senta-se ao seu lado e docemente diz: "Mais te valia ter nascido tonta, minha pobre filha sabichona", e a acaricia enquanto Juana empapa de lágrimas a enorme capa do avô.

Um sonho de Juana

Ela perambula pelo mercado de sonhos. As vendedoras estenderam sonhos sobre grandes panos no chão.

Chega ao mercado o avô de Juana, muito triste porque faz muito tempo que não sonha. Juana o leva pela mão e ajuda-o a escolher sonhos, sonhos de marzipã ou algodão, asas para voar dormindo, e vão-se embora os dois tão carregados de sonhos que não haverá bastante noite.

1667, Cidade do México:
Juana aos dezesseis

Nos navios, o sino marca os quartos de hora da vigília marinheira. Nas grutas e nos canaviais, empurra para o trabalho os índios e os escravos negros. Nas igrejas dá a hora e anuncia missas, mortes e festas.

Mas na torre do relógio, sobre o palácio do vice-rei do México, há um sino mudo. Segundo contam, os inquisidores o tiraram do campanário de uma velha aldeia espanhola, arrancaram seu badalo e o desterraram para as Índias, já não se sabe há quantos anos. Desde que mestre Rodrigo o criou em 1530, este sino tinha sido sempre claro e obediente. Tinha, dizem, trezentas vozes, segundo o toque ditado pelo sineiro, e todo mundo estava orgulhoso dele. Até que uma noite seu longo e violento repicar fez todo mundo saltar da cama. Tocava solto o sino, desatado pelo alarma ou a alegria ou sabe-se lá por que, e pela primeira vez ninguém entendeu o sino. Juntou-se uma multidão no átrio enquanto o sino tocava sem parar, enlouquecido, e o alcaide e o padre subiram na torre e comprovaram, gelados de espanto, que ali não havia ninguém. Nenhuma mão humana o movia. As autoridades acudiram à Inquisição. O tribunal do Santo Ofício declarou nulo e sem nenhum valor o repicar deste sino, que foi calado para sempre e expulso para o exílio no México.

Juana Inês de Asbaje abandona o palácio de seu protetor, o vice-rei Mancera, e atravessa a praça principal seguida por dois índios que carregam seus baús. Ao chegar à esquina, para e olha a torre, como se tivesse sido chamada pelo sino sem voz. Ela conhece sua história. Sabe que foi castigado por cantar por conta própria.

Juana caminha rumo ao convento de Santa Teresa a Antiga. Já não será dama de corte. Na serena luz do claustro e na solidão de sua cela, buscará o que não pôde encontrar lá fora. Quisera estudar na universidade os mistérios do mundo, mas as mulheres nascem condenadas ao quarto de bordar e aos maridos que as escolhem. Juana Inês de Asbaje será carmelita descalça, e se chamará Sor Juana Inês de la Cruz.

1914, Montevidéu:
Delmira

A este quarto ela foi chamada pelo homem que tinha sido seu marido; e querendo tê-la, querendo ficar com ela, ele amou-a e matou-a e se matou.

Os jornais uruguaios publicam a foto do corpo que jaz tombado junto à cama, Delmira abatida por dois tiros de revólver, nua como seus poemas, as meias caídas, toda despida de vermelho:

– Vamos mais longe na noite, vamos..

Delmira Agustini escrevia em transe. Tinha cantado as febres do amor sem disfarces pacatos, e tinha sido condenada pelos que castigam nas mulheres o que nos homens aplaudem, porque a castidade é dever feminino e o desejo, como a razão, um privilégio masculino. No Uruguai, as leis caminham na frente das pessoas, que ainda separam a alma do corpo como se fossem a Bela e a Fera. De maneira que perante o cadáver de Delmira se derramam lágrimas e frases a propósito de tão sensível perda para as letras nacionais, mas no fundo os chorosos suspiram com alívio – a morta morta está, e é melhor assim.

Mas, morta está? Não serão sombra de sua voz e eco de seu corpo todos os amantes que ardem nas noites do mundo? Não lhe abrirão um lugarzinho nas noites do mundo para que cante sua boca desatada e dancem seus pés resplandecentes?

1916, Buenos Aires:
Isadora

Descalça, despida, envolvida apenas pela bandeira argentina, Isadora Duncan dança o hino nacional.

Comete esta ousadia uma noite, num café de estudantes de Buenos Aires, e na manhã seguinte todo mundo sabe: o empresário rompe o contrato, as boas famílias devolvem suas entradas ao Teatro Colón e a imprensa exige a expulsão imediata desta pecadora norte-americana que veio à Argentina para macular os símbolos pátrios.

Isadora não entende nada. Nenhum francês protestou quando ela dançou a Marselhesa com um xale vermelho como traje completo. Se é possível dançar uma emoção, se é possível dançar uma ideia, por que não se pode dançar um hino?

A liberdade ofende. Mulher de olhos brilhantes, Isadora é inimiga declarada da escola, do matrimônio, da dança clássica e de tudo aquilo que engaiole o vento. Ela dança porque dançando goza, e dança o que quer, quando quer e como quer, e as orquestras se calam frente à música que nasce de seu corpo.

1968, Cidade do México: Revueltas

Tem um longo meio século de vida, mas a cada dia comete o delito de ser jovem. Está sempre no centro do alvoroço, disparando discursos e manifestos. José Revueltas denuncia os donos do poder no México, que por irremediável ódio a tudo o que palpita, cresce e muda, acabam de assassinar trezentos estudantes em Tlatelolco:
– Os senhores do governo estão mortos. Por isso matam.

No México, o poder assimila ou aniquila, fulmina com um abraço ou com um tiro: os respondões que não se deixam meter no orçamento público são metidos na cadeia ou no túmulo. O incorrigível Revueltas vive preso. É raro que ele não durma em cela e, quando não é lá, passa as noites estendido em algum banco de praça ou num gabinete da universidade. A polícia o odeia por ser revolucionário e os dogmáticos, por ser livre; os beatos de esquerda não lhe perdoam sua tendência aos botequins. Há algum tempo, seus camaradas puseram nele um anjo da guarda, para que salvasse Revueltas de toda tentação, mas o anjo terminou empenhando as asas para pagar as farras que faziam juntos.

1968, Cidade do México: Rulfo

No silêncio, lateja outro México. Juan Rulfo, narrador de desventuras dos vivos e dos mortos, guarda silêncio. Há quinze anos disse o que tinha para dizer, num romance curto e nuns poucos contos, e desde então está calado. Ou seja: fez amor de profundíssima maneira e depois adormeceu.

A terceira margem do rio

Guimarães Rosa tinha sido advertido por uma cigana: "Você vai morrer quando realizar sua maior ambição".

Coisa rara: com tantos deuses e demônios que este homem continha, era um cavalheiro dos mais formais. Sua maior ambição consistia em ser nomeado membro da Academia Brasileira de Letras.

Quando foi designado, inventou desculpas para adiar o ingresso. Inventou desculpas durante anos: a saúde, o tempo, uma viagem...

Até que decidiu que tinha chegado a hora.

Realizou-se a cerimônia solene, e, em seu discurso, Guimarães Rosa disse: "As pessoas não morrem. Ficam encantadas".

Três dias depois, ao meio-dia de um domingo, sua mulher encontrou-o morto quando voltou da missa.

Carpentier

Não conheço Dom Alejo Carpentier. Alguma vez terei de vê-lo. Tenho de dizer-lhe:

— Olhe, Dom Alejo, eu acho que o senhor nunca terá ouvido falar de Mingo Ferreira. Ele é um compatriota meu que desenha com graça e com drama. Me acompanhou durante anos nas sucessivas aventuras dos jornais e das revistas e dos livros. Trabalhou ao meu lado e soube alguma coisa dele, embora pouco. Ele é um tipo sem palavras. O que sai dele são desenhos, não palavras. Vem de Tacuarembó, é filho de um sapateiro; sempre foi pobre.

E dizer-lhe:

— Em Montevidéu, ele arranjou várias prisões e surras. Uma vez esteve preso durante alguns meses, quase um ano, acho, e quando saiu me contou que no lugar em que estavam trancados se podia ler em voz alta. Era um barracão imundo. Os presos se amontoavam um em cima do outro, rodeados de fuzis, e não podiam se mexer nem para mijar. Cada dia um dos presos ficava em pé e lia para todos.

"Eu queria contar-lhe, Dom Alejo, que os presos quiseram ler *El siglo de las luces* e não puderam. Os guardas deixaram o livro entrar, mas os presos não puderam ler. Quero dizer: começaram várias vezes e várias vezes tiveram de abandoná-lo. O senhor os fazia sentir a chuva e os aromas violentos da terra e da noite. O senhor levava a eles o mar e o barulho das ondas rompendo contra a quilha de um barco e mostrava a eles o pulsar do céu na hora em que nasce o dia, e eles não podiam continuar lendo isso.

1969, Lima:
Arguedas

Arguedas arrebenta o crânio com um tiro. Sua história é a história do Peru; e doente de Peru, se mata.

Filho de brancos, José Maria Arguedas tinha sido criado pelos índios. Falou *quechua* durante toda a sua infância. Aos dezessete anos foi arrancado da serra e atirado na costa; saiu de povoados de comuneiros para entrar nas cidades proprietárias. Aprendeu a língua dos vencedores e nela falou e escreveu. Nunca escreveu *sobre* os vencidos, mas *desde* os vencidos. Soube dizê-los; mas sua façanha foi sua maldição. Sentia que tudo dele era traição ou fracasso, desgarramento inútil. Não podia ser índio, não queria ser branco, não suportava ser ao mesmo tempo o desprezo e o desprezado.

Caminhou solitário caminhante à beira desse abismo, entre os dois mundos inimigos que dividiam sua alma. Muitas avalanches de angústia caíram em cima dele, piores que qualquer alude de lodo e pedras; até que foi derrubado.

Onetti

Eu estava regressando a Montevidéu, depois de uma viagem. Não lembro de onde vinha, mas sim lembro que no avião tinha lido *El zorro de arriba y el zorro de abajo*, o romance final de José María Arguedas. Arguedas tinha começado a escrever esse adeus à vida no dia em que decidiu se matar, e o romance era seu longo e desesperado testamento. Eu li o livro e acreditei no livro, a partir da primeira página: embora não conhecesse aquele homem, acreditei nele como se fosse meu sempre amigo.

Em *El zorro*, Arguedas tinha dedicado a Onetti o mais alto elogio que um escritor pode oferecer a outro escritor: tinha escrito que estava em Santiago do Chile, mas que na realidade queria estar em Montevidéu, *para encontrar Onetti e apertar a mão com a qual escreve*.

Na casa de Onetti, comentei com ele. Onetti não sabia. O romance, recém-publicado, ainda não tinha chegado a Montevidéu. Comentei com ele, e Onetti ficou calado. Fazia pouco tempo, muito pouco, que Arguedas tinha arrebentado a cabeça com um tiro.

Ficamos os dois muito tempo, minutos ou anos, em silêncio. Depois eu disse algo, perguntei algo, e Onetti não respondeu. Então ergui os olhos e vi aquele talho de umidade que atravessava a sua cara.

A última cerveja de Caldwell

Era no entardecer de um domingo de abril. Depois de uma semana de muito trabalho, eu estava bebendo cerveja numa taverna de Amsterdam. Estava com Annelies, que tinha me ajudado com santa paciência em minhas voltas e reviravoltas pela Holanda.
Eu me sentia bem mas, sem saber por quê, meio triste.
E comecei a falar dos livros de Erskine Caldwell.
Começou com uma piada boba. Como minhas incessantes viagens ao banheiro entre cerveja e cerveja me davam vergonha, resolvi dizer que o caminho da cerveja conduz ao banheiro da mesma forma que o caminho do tabaco leva ao cinzeiro, e me senti muito arguto. Mas Annelies, que não tinha lido *O caminho do tabaco*, nem sorriu. Então expliquei a piada, que é a pior coisa que se pode fazer em qualquer circunstância, e foi assim que comecei a falar de Caldwell e de seus espantalhos do sul dos Estados Unidos; e não consegui mais parar.
Fazia mais de vinte anos que eu não falava dele. Eu não falava de Caldwell desde os tempos em que me encontrava com Horacio Petit, nas cafeterias e nos botequins de Montevidéu, e com ele andava vinhos e livros.
Agora, enquanto falava, enquanto aquela torrente incessante brotava de minha boca, eu via Caldwell, via Caldwell debaixo de seu esfiapado chapéu de palha, numa cadeira de balanço na varanda,

feliz por causa dos ataques das ligas de moral e bons costumes e dos críticos literários, mascando fumo e ruminando novas porcarias e desventuras para os seus personagens miseráveis.

E a tarde se fez noite. Não sei quanto tempo passei falando de Caldwell e tomando cerveja.

Na manhã seguinte, li a notícia nos jornais: *O romancista Erskine Caldwell morreu ontem, em sua casa no sul dos Estados Unidos.*

Neruda

Fui a Isla Negra, à casa que foi, que é, de Pablo Neruda.
Era proibido entrar. Uma cerca de madeira rodeava a casa.
Lá, as pessoas tinham gravado seus recados para o poeta. Não tinham deixado nenhum pedacinho de madeira descoberta. Todos falavam com ele como se estivesse vivo. Com lápis ou pontas de pregos, cada um tinha encontrado sua maneira de dizer-lhe: obrigado.
    Eu também encontrei, sem palavras, a minha maneira. E entrei sem entrar. E em silêncio ficamos conversando vinhos, o poeta e eu, caladamente falando de mares e amares e de alguma poção infalível contra a calvície. Compartilhamos camarões ao *pil-pil* e uma prodigiosa torta de *jaibas* e outras dessas maravilhas que alegram a alma e a pança, que são, como ele sabe muito bem, dois nomes para a mesma coisa.
    Várias vezes erguemos taças de bom vinho, e um vento salgado golpeava nossas caras, e tudo foi uma cerimônia de maldição da ditadura, aquela lança negra cravada em seu torso, aquela puta dor enorme, e foi também uma cerimônia de celebração da vida, bela e efêmera como os altares de flores e os amores passageiros.

1984, Paris:
Vão os ecos em busca da voz

Enquanto escrevia palavras que amavam as pessoas, Julio Cortázar ia fazendo sua viagem, viagem ao contrário, pelo túnel do tempo. Ele estava indo do final para o princípio: do desalento ao entusiasmo, da indiferença à paixão, da solidão à solidariedade. Aos seus quase setenta anos, era um menino que tinha todas as idades ao mesmo tempo.

Pássaro que voa para o ovo: Cortázar ia desandando vida, ano após ano, dia após dia, rumo ao abraço dos amantes que fazem o amor que os faz. E agora morre, agora entra na terra, como entrando em mulher regressa o homem ao lugar de onde vem.

1913, Campos de Chihuahua: Numa dessas manhãs me assassinei,

em algum poeirento caminho do México, e o fato produziu em mim profunda impressão.

Não foi este o primeiro crime que cometi. Desde que há setenta e um anos nasci em Ohio e recebi o nome de Ambrose Bierce até meu recente decesso, estripei meus pais e diversos familiares, amigos e colegas. Estes comovedores episódios salpicaram de sangue meus dias ou meus contos, que dá na mesma: a diferença entre a vida que vivi e a vida que escrevi é assunto dos farsantes que no mundo executam a lei humana, a crítica literária e a vontade de Deus.

Para pôr fim aos meus dias, me somei às tropas de Pancho Villa e escolhi uma das muitas balas perdidas que nestes tempos passam zumbando sobre a terra mexicana. Este método me resultou mais prático que a forca, mais barato que o veneno, mais cômodo que disparar com meu próprio dedo e mais digno que esperar que a doença ou a velhice se encarregassem da tarefa.

Introdução à História da Arte

Janto com Nicole e Adoum.

Nicole fala de um escultor que ela conhece, homem de muito talento e fama. O escultor trabalha num estúdio imenso, rodeado de crianças. As crianças do bairro são seus amigos.

Um belo dia a prefeitura encomendou-lhe um grande cavalo para uma praça da cidade. Um caminhão trouxe para o estúdio um bloco gigante de granito. O escultor começou a trabalhá-lo, em cima de uma escada, a golpes de martelo e cinzel. As crianças observavam.

Então as crianças partiram, de férias, rumo às montanhas ou ao mar.

Quando regressaram, o escultor mostrou-lhes o cavalo terminado.

E uma das crianças, com os olhos muito abertos, perguntou:

– Mas... como você sabia que dentro daquela pedra havia um cavalo?

1796, Ouro Preto:
O Aleijadinho

O Aleijadinho, criador de plenitudes, esculpe e talha com o toco dos braços. É de uma feiura horripilante o escultor das mais altas formosuras na região mineira do Brasil. Para não servir a senhor tão horroroso, um dos escravos que ele comprou quis suicidar-se. A doença, lepra ou sífilis ou misteriosa maldição, vai devorando-o a dentadas. Em troca de cada pedaço de carne que a doença arranca, ele entrega ao mundo novas maravilhas de madeira ou pedra.

Em Congonhas do Campo estão esperando por ele. Poderá chegar até lá? Terá forças para talhar os doze profetas e erguê-los contra o céu azulíssimo? Dançarão sua atormentada dança de animais feridos os profetas anunciadores do amor e da cólera de Deus?

Ninguém acredita que lhe sobre vida para tanto. Os escravos o carregam pelas ruas de Ouro Preto, sempre escondido debaixo do capuz, e amarram o cinzel ao resto da sua mão. Só eles veem os despojos de sua cara e de seu corpo. Só eles se aproximam desse monstrengo. Antônio Francisco Lisboa, o Aleijadinho, vai se quebrando; e nenhuma criança sonha que o cola com saliva.

Definição da arte

– Portinari saiu – dizia Portinari. Por um instante espiava, batia a porta e desaparecia.

Eram os anos trinta, caçada de comunistas no Brasil, e Portinari tinha se exilado em Montevidéu.

Iván Kmaid não era daqueles anos, nem daquele lugar; mas muito tempo depois ele espiou pelos furinhos da cortina do tempo e me contou o que viu: Cândido Portinari pintava da manhã à noite, e noite afora também.

– Portinari saiu – dizia.

Naquela época, os intelectuais comunistas do Uruguai iam tomar posição frente ao realismo socialista e pediam a opinião do prestigiado camarada.

– Sabemos que o senhor saiu, mestre – disseram, e suplicaram:

– Mas a gente não podia entrar um momento? Só um momentinho.

E explicaram o problema, pediram sua opinião.

– Eu não sei não – disse Portinari.

E disse:

– A única coisa que eu sei é o seguinte: arte é arte, ou é merda.

Os diabinhos de Ocumicho

Como as *arpilleras* chilenas, nascem de mão de mulher os diabinhos de barro da aldeia mexicana de Ocumicho. Os diabinhos fazem amor, a dois ou em bando, e assim vão à escola, pilotam motos e aviões, entram de penetras na arca de Noé, se escondem entre os raios do sol amante da lua e se metem, disfarçando-se de recém-nascidos, nos presépios de Natal. Insinuam-se os diabinhos debaixo da mesa da Última Ceia, enquanto Jesus Cristo, cravado na cruz, come peixes do lago de Pátzcuaro junto a seus apóstolos índios. Comendo, Jesus Cristo ri de uma orelha a outra, como se tivesse descoberto que este mundo pode ser redimido pelo prazer mais que pela dor.

Em casas sombrias, sem janelas, as alfaieiras de Ocumicho modelam estas figuras luminosas. Fazem uma arte livre as mulheres atadas a filhos incessantes, prisioneiras de maridos que se embebedam e as golpeiam. Condenadas à submissão, destinadas à tristeza, elas acreditam cada dia numa nova rebelião, uma alegria nova.

Sobre a propriedade privada do direito de criação

Os compradores das ceramistas de Ocumicho querem que elas assinem seus trabalhos. Elas usam sinete para gravar o nome ao pé de seus diabinhos. Mas muitas vezes esquecem de assinar, ou aplicam o sinete da vizinha se não encontram o seu, de maneira que Maria acaba sendo autora de uma obra de Nicolasa, ou vice-versa.

Elas não entendem este assunto de glória solitária. Dentro de sua comunidade de índios tarascos, uma é todas. Fora da comunidade, uma é nenhuma, como acontece ao dente que se solta da boca.

Vargas

Pelas margens do lago de Maracaibo passou o petróleo e levou junto as cores. Neste lixeiro, sórdidas ruas, ar sujo, águas oleosas, vive e pinta Rafael Vargas.

Não cresce a grama em Cabimas, cidade morta, terra esvaziada, nem sobram peixes em suas águas, nem pássaros em seu ar, nem galos que alegrem suas madrugadas, mas nos quadros de Vargas o mundo está em festa, a terra respira a todo pulmão, estalam de frutas e flores as verdíssimas árvores, e prodigiosos peixes e pássaros e galos se tratam de igual para igual com as pessoas.

Vargas quase não sabe ler nem escrever. Bem sabe, sim, ganhar a vida, como carpinteiro, e como pintor ganha a limpa luz de seus dias: vingança e profecia de quem não pinta a realidade que conhece e sim a realidade de que necessita.

Niemeyer

Odeia o ângulo reto e o capitalismo. Contra o capitalismo, não é muito o que pode fazer; mas contra o ângulo reto, opressor do espaço, triunfa sua arquitetura livre e sensual e leve como as nuvens.

Niemeyer concebe a moradia humana na forma de corpo de mulher, costa sinuosa ou fruta do trópico. Também na forma de montanha, se a montanha se recorta em curvas contra o céu, como é o caso das montanhas do Rio de Janeiro, desenhadas por Deus naquele dia em que Deus achou que era Niemeyer.

Novembro, 6:
O rei que não foi

O rei Carlos II nasceu em Madri, em 1661.

Em seus quarenta anos de vida, não conseguiu ficar em pé uma única vez, nem falar sem babar, nem manter a coroa em sua cabeça jamais visitada por ideia alguma.

Carlos era neto da sua tia, sua mãe era sobrinha de seu pai e seu bisavô era tio da sua bisavó: os Habsburgo eram caseiros.

Tanta devoção familiar acabou com eles.

Quando Carlos morreu, com ele morreu a sua dinastia na Espanha.

Fevereiro, 19:
Pode ser que Horacio Quiroga tivesse contado assim sua própria morte:

Hoje, morri.
No ano de 1937, fiquei sabendo que tinha um câncer incurável.
E soube que a morte, que me perseguia desde sempre, havia me encontrado.
Eu enfrentei a morte, cara a cara, e disse a ela:
– Acabou esta guerra.
E disse a ela:
– A vitória é sua.
E disse a ela:
– Mas o quando é meu.
E antes que a morte me matasse, eu me matei.

Maio, 4:
Enquanto a noite durar

Em 1937 morreu, aos vinte e seis anos, Noel Rosa.

Esse músico da noite do Rio de Janeiro, que em vida só conheceu a praia por fotografias, escreveu e cantou sambas nos bares da cidade que os canta até hoje.

Num desses bares um amigo o encontrou, na noturna hora das dez da manhã.

Noel cantarolava uma canção recém-parida.

Na mesa havia duas garrafas. Uma de cerveja e outra de cachaça.

O amigo sabia que a tuberculose estava matando Noel Rosa. Noel adivinhou a preocupação em seu rosto, e sentiu-se obrigado a dar uma lição sobre as propriedades nutritivas da cerveja. Apontando a garrafa, sentenciou:

– Isso aqui alimenta mais que um prato de boa comida.

O amigo, não muito convencido, apontou a garrafa de aguardente:

– E isso aqui?

E Noel explicou:

– É que não tem a menor graça comer sem ter uma coisinha para acompanhar.

O silêncio

Uma longa mesa de amigos, na churrascaria Plataforma, era o refúgio de Tom Jobim contra o sol do meio-dia e o tumulto das ruas do Rio de Janeiro.

Naquele meio-dia, Tom sentou-se em mesa separada. Num canto, ficou tomando chope com Zé Fernando Balbi. Compartilhava com ele o chapéu de palha, que usavam em turnos, um dia um, no dia seguinte o outro, e também compartilhavam outras coisas:

– Não – disse Tom, quando alguém chegou perto. – Estou numa conversa muito importante.

E quando outro amigo se aproximou:

– Você me desculpe, mas nós temos muito para falar.

E a outro:

– Perdão, mas nós dois estamos discutindo um assunto sério.

Nesse canto separado, Tom e Zé Fernando não se disseram uma única palavra. Zé Fernando estava em um dia fodido, num desses dias que deveriam ser arrancados do calendário e expulsos da memória, e Tom o acompanhava, calando chopes. E assim ficaram, música do silêncio, do meio-dia até o final da tarde.

Não tinha mais ninguém por lá quando os dois foram-se embora, caminhando devagar.

Paradoxos

Se a contradição for o pulmão da história, o paradoxo deverá ser, penso eu, o espelho que a história usa para debochar de nós.
Nem o próprio filho de Deus salvou-se do paradoxo. Ele escolheu, para nascer, um deserto subtropical onde quase nunca neva, mas a neve se converteu num símbolo universal do Natal desde que a Europa decidiu europeizar Jesus. E para mais *inri*, o nascimento de Jesus é, hoje em dia, o negócio que mais dinheiro dá aos mercadores que Jesus tinha expulsado do templo.
Napoleão Bonaparte, o mais francês dos franceses, não era francês. Não era russo Josef Stálin, o mais russo dos russos; e o mais alemão dos alemães, Adolf Hitler, tinha nascido na Áustria. Margherita Sarfatti, a mulher mais amada pelo antissemita Mussolini, era judia. José Carlos Mariátegui, o mais marxista dos marxistas latino-americanos, acreditava fervorosamente em Deus. O Che Guevara tinha sido declarado *completamente incapaz para a vida militar* pelo exército argentino.
Das mãos de um escultor chamado Aleijadinho, que era o mais feio dos brasileiros, nasceram as mais altas formosuras do Brasil. Os negros norte-americanos, os mais oprimidos, criaram o *jazz*, que é a mais livre das músicas. No fundo de um cárcere foi concebido o Dom Quixote, o mais andante dos cavaleiros. E cúmulo dos paradoxos, Dom Quixote nunca disse sua frase mais célebre. Nunca disse: *Ladram, Sancho, sinal que cavalgamos.*

"Acho que você está meio nervosa", diz o histérico. "Te odeio", diz a apaixonada. "Não haverá desvalorização", diz, na véspera da desvalorização, o ministro da Economia. "Os militares respeitam a Constituição", diz, na véspera do golpe de Estado, o ministro da Defesa.

Em sua guerra contra a revolução sandinista, o governo dos Estados Unidos coincidia, paradoxalmente, com o Partido Comunista da Nicarágua. E paradoxais foram, enfim, as barricadas sandinistas durante a ditadura de Somoza: as barricadas, que fechavam as ruas, abriam o caminho.

Pontos de vista

Do ponto de vista do oriente do mundo, o dia do ocidente é noite.

Na Índia, quem está de luto se veste de branco.

Na Europa antiga, o negro, cor da terra fértil, era a cor da vida, e o branco, cor dos ossos, era a cor da morte.

Segundo os velhos sábios da região colombiana do Chocó, Adão e Eva eram negros e negros eram seus filhos Caim e Abel. Quando Caim matou seu irmão com uma bordoada, trovejaram as iras de Deus. Diante da fúria do Senhor, o assassino empalideceu de culpa e medo, e tanto empalideceu que branco se tornou até o fim dos seus dias. Os brancos somos, todos nós, filhos de Caim.

Humaninhos

Darwin nos informou que somos primos dos macacos, e não dos anjos. Depois, ficamos sabendo que vínhamos da selva africana e que nenhuma cegonha nos tinha trazido de Paris. E não faz muito tempo ficamos sabendo que nossos genes são quase iguaizinhos aos genes dos ratos.

Já não sabemos se somos obras-primas de Deus ou piadas do Diabo. Nós, os humaninhos:

os exterminadores de tudo,

os caçadores do próximo,

os criadores da bomba atômica, da bomba de hidrogênio e da bomba de nêutrons, que é a mais saudável de todas porque liquida as pessoas, mas deixa as coisas intactas,

os únicos animais que inventam máquinas,

os únicos que vivem ao serviço das máquinas que inventam,

os únicos que devoram sua casa,

os únicos que envenenam a água que lhes dá de beber e a terra que lhes dá de comer,

os únicos capazes de se alugar ou se vender e de alugar ou vender seus semelhantes,

os únicos que matam por prazer,

os únicos que torturam,

os únicos que violam.

E também
os únicos que riem,
os únicos que sonham acordados,
os que fazem seda da baba dos vermes,
os que convertem o lixo em beleza,
os que descobrem cores que o arco-íris desconhece,
os que dão novas músicas às vozes do mundo
e criam palavras, para que não sejam mudas
nem a realidade nem sua memória.

Por que escrevo

Quero contar a vocês todos uma história que, para mim, foi muito importante: meu primeiro desafio no ofício de escrever. A primeira vez em que me senti desafiado por esta tarefa.

Aconteceu no povoado boliviano de Llallagua. Eu passei um tempinho lá, na zona mineira. No ano anterior, e lá mesmo, tinha acontecido a matança de San Juan, quando o ditador Barrientos fuzilou os mineiros que estavam celebrando a noite de San Juan, bebendo, dançando. E o ditador, lá dos morros que rodeiam o povoado, mandou metralhar todos eles.

Foi uma matança atroz e eu cheguei mais ou menos um ano depois, em 68, e fiquei por lá um tempinho graças às minhas habilidades de desenhista. Porque, entre outras coisas, eu sempre quis desenhar, mas nunca ficava bom o suficiente para que sentisse o espaço aberto entre o mundo e eu.

O espaço entre o que eu conseguia e o que eu queria era demasiado abismal, mas eu me dava mais ou menos bem com algumas outras coisas, como, por exemplo, desenhar retratos. E lá, em Llallagua, retratei todas as crianças dos mineiros, e fiz os cartazes de carnaval, dos atos públicos, de tudo. Era de boa caligrafia, e então me adotaram, e na verdade passei muito bem, naquele mundo gelado e miserável, com uma pobreza multiplicada pelo frio.

E chegou a noite da despedida. Os mineiros eram meus amigos, e por isso armaram uma despedida com muita bebida. Bebemos muita chicha e singani, uma espécie de grapa boliviana muito boa mas um pouco terrível; e lá estávamos nós, celebrando, cantando, contando piadas, cada uma pior que a outra, e eu sabia que às cinco ou seis da manhã, não lembro direito, soaria a sirene que chamaria todos eles para o trabalho na mina, e então tudo acabaria, seria a hora de dizer adeus.

Quando o momento estava chegando, eles me rodearam, como se me acusassem de alguma coisa. Mas não era para me acusar de nada, era para me pedir que dissesse a eles como era o mar.

Disseram:

– Agora conta pra gente como é o mar.

E eu fiquei meio atônito porque não me vinha nenhuma ideia. Os mineiros eram homens condenados à morte antecipada nas tripas da terra por causa do pó de sílica. Nas covas e grutas, a média de vida, naquele tempo, era de trinta, trinta e cinco anos, e não passava disso. Eu sabia que eles jamais veriam o mar, que iam morrer muito antes de qualquer possibilidade de ver o mar, porque além do mais estavam condenados pela miséria a não sair daquele humildíssimo povoado de Llallagua. Então eu tinha a responsabilidade de levar o mar para eles, de encontrar palavras que fossem capazes de molhar todos eles. E esse foi meu primeiro desafio de escritor, a partir da certeza de que escrever serve para alguma coisa.

Janela sobre a cara

Uma máquina boba?
Uma carta que ignora seu remetente e se engana de destino?
Uma bala perdida, que algum deus disparou por engano?
Viemos de um ovo muito menor que uma cabeça de alfinete, e habitamos uma pedra que gira em torno de uma estrela anã e que contra essa estrela, algum dia, irá se espatifar.
Mas fomos feitos de luz, além de carbono e oxigênio e merda e morte e outras coisas, e enfim estamos aqui desde que a beleza do universo precisou de alguém que a visse.

O poder

A criação segundo John D. Rockefeller

No princípio fiz a luz com lampião de querosene. E as sombras, que caçoavam das velas de sebo ou de esperma, recuaram. E amanheceu e entardeceu o primeiro dia.

E no segundo dia Deus me pôs à prova e permitiu que o demônio me tentasse oferecendo-me amigos e amantes e outros desperdícios.

E disse: "Deixai que o petróleo venha a mim". E fundei a Standard Oil. E vi que estava certo e amanheceu e entardeceu o terceiro dia.

E no quarto dia segui o exemplo de Deus. Como Ele, ameacei e amaldiçoei quem me negasse obediência; e como Ele, apliquei a extorsão e o castigo. Como Deus esmagou seus competidores, assim pulverizei sem piedade meus rivais de Pittsburgh e da Filadélfia. E aos arrependidos prometi perdão e paz eterna.

E pus fim à desordem do universo. E onde havia caos implantei a ordem. E, em escala jamais conhecida, calculei custos, impus preços e conquistei mercados. E distribuí a força de milhões de braços para que nunca mais se perdesse tempo, nem energia, nem matéria. E desterrei a casualidade e a sorte da história dos homens. E no espaço por mim criado não reservei nenhum lugar para os débeis e os ineficazes. E amanheceu e entardeceu o quinto dia.

E para dar nome à minha obra inaugurei a palavra *trust*. E vi que estava certo. E comprovei que o mundo girava ao redor de meus olhos vigilantes, enquanto amanhecia e entardecia o sexto dia.

E no sétimo dia fiz caridade. Somei o dinheiro que Deus me havia dado por ter continuado Sua obra perfeita e doei aos pobres vinte e cinco centavos. Então, descansei.

A autoridade

Em épocas remotas, as mulheres se sentavam na proa das canoas e os homens na popa. As mulheres caçavam e pescavam. Elas saíam das aldeias e voltavam quando podiam ou queriam. Os homens montavam as choças, preparavam a comida, mantinham acesas as fogueiras contra o frio, cuidavam dos filhos e curtiam as peles de abrigo.

Assim era a vida entre os índios onas e os yaganes, na Terra do Fogo, até que um dia os homens mataram todas as mulheres e puseram as máscaras que as mulheres tinham inventado para aterrorizá-los.

Somente as meninas recém-nascidas se salvaram do extermínio. Enquanto elas cresciam, os assassinos lhes diziam e repetiam que servir aos homens era seu destino. Elas acreditaram. Também acreditaram suas filhas e as filhas de suas filhas.

O sistema

    que programa o computador que alarma o banqueiro que alerta o embaixador que janta com o general que ordena ao presidente que intima o ministro que ameaça o diretor-geral que humilha o gerente que grita com o chefe que pisa no empregado que despreza o operário que maltrata a mulher que bate no filho que chuta o cachorro.

O sistema/2

Plano de extermínio: arrasar a erva, arrancar pela raiz até a última plantinha ainda viva, regar a terra com sal. Depois, matar a memória da erva. Para colonizar as consciências, suprimi-las; para suprimi-las, esvaziá-las de passado. Aniquilar toda prova de que na comarca houve algo mais que silêncio, cadeias e tumbas.

Está proibido lembrar.

Formam-se quadrilhas de presos. Pelas noites, os obrigam a tapar com pintura branca as frases de protesto que em outros tempos cobriam os muros da cidade.

A chuva, de tanto golpear contra os muros, vai dissolvendo a pintura branca. E reaparecem, pouco a pouco, as palavras teimosas.

O sistema/3

Os funcionários não funcionam.
Os políticos falam mas não dizem.
Os votantes votam mas não escolhem.
Os meios de informação desinformam.
Os centros de ensino ensinam a ignorar.
Os juízes condenam as vítimas.
Os militares estão em guerra contra seus compatriotas.
Os policiais não combatem os crimes, porque estão ocupados cometendo-os.
As bancarrotas são socializadas, os lucros são privatizados.
O dinheiro é mais livre que as pessoas.
As pessoas estão a serviço das coisas.

O sistema/4

A extorsão,
o insulto,
a ameaça,
o cascudo,
a bofetada,
a surra,
o açoite,
o quarto escuro,
a ducha gelada,
o jejum obrigatório,
a comida obrigatória,
a proibição de sair,
a proibição de se dizer o que se pensa,
a proibição de fazer o que se sente,
e a humilhação pública
são alguns dos métodos de penitência e tortura tradicionais na vida da família. Para castigo à desobediência e exemplo de liberdade, a tradição familiar perpetua uma cultura do terror que humilha a mulher, ensina os filhos a mentir e contagia tudo com a peste do medo.

– Os direitos humanos deveriam começar em casa – comenta comigo, no Chile, Andrés Domínguez.

Hinos

O primeiro hino nacional de que se tem notícia nasceu na Inglaterra, de pais desconhecidos, em 1745. Seus versos anunciavam que o reino ia esmagar os rebeldes escoceses, para desmontar *os truques desses bribões.*
Meio século depois, "A Marselhesa" advertia que a revolução ia *regar os campos da França com o sangue impuro dos invasores.*
No começo do século XIX, o hino dos Estados Unidos profetizava sua vocação imperial, abençoada por Deus: *conquistar devemos, quando nossa causa for justa.* E nos finais desse século, os alemães consolidavam sua tardia união nacional erguendo 327 estátuas do imperador Guilherme e 470 do príncipe Bismarck, enquanto cantavam o hino que punha a Alemanha *über alles,* acima de todos.
Como regra geral, os hinos confirmam a identidade de cada nação através de ameaças, de insultos, do autoelogio, da louvação da guerra e do honroso dever de matar e morrer.
Na América Latina, essas liturgias, consagradas aos louros dos próceres, parecem obra dos empresários de pompas fúnebres:
o hino uruguaio nos convida a escolher entre a pátria e a tumba e o paraguaio, entre a república e a morte,
o argentino nos exorta a jurar que com glória morreremos,
o chileno anuncia que sua terra será a tumba dos livres,
o guatemalteco convoca a vencer ou morrer,

o cubano garante que morrer pela pátria é viver,
o equatoriano comprova que o holocausto dos heróis é germe fecundo,
o peruano exalta o terror de seus canhões,
o mexicano aconselha a empapar os pátrios pendões em ondas de sangue,
e em sangue de heróis se banha o hino colombiano, que com geográfico entusiasmo combate nas Termópilas.

A burocracia

Sixto Martínez fez o serviço militar num quartel de Sevilha. No meio do pátio desse quartel havia um banquinho. Junto ao banquinho, um soldado montava guarda. Ninguém sabia por que se montava guarda para o banquinho. A guarda era feita porque sim, noite e dia, todas as noites, todos os dias, e de geração em geração os oficiais transmitiam a ordem e os soldados obedeciam. Ninguém nunca questionou, ninguém nunca perguntou. Assim era feito, e sempre tinha sido feito.

E assim continuou sendo feito até que alguém, não sei qual general ou coronel, quis conhecer a ordem original. Foi preciso revirar os arquivos a fundo. E depois de muito cavoucar, soube-se. Fazia trinta e um anos, dois meses e quatro dias, que um oficial tinha mandado montar guarda junto ao banquinho, que fora recém-pintado, para que ninguém sentasse na tinta fresca.

Outubro, 30:
Os marcianos estão chegando!

Em 1938, aterrissaram naves espaciais no litoral dos Estados Unidos, e os marcianos se lançaram ao ataque. Tinham tentáculos ferozes, enormes olhos negros que disparavam raios ardentes, e uma babante boca em forma de V.

Muitos cidadãos apavorados saíram às ruas, enrolados em toalhas molhadas para se proteger do gás venenoso que os marcianos emitiam, e muitos mais preferiram se trancar com trancas e retrancas, bem armados, à espera do combate final.

Orson Welles tinha inventado essa invasão extraterrestre, e havia transmitido tudo pelo rádio.

A invasão era mentira, mas o medo era verdade.

E o medo continuou: os marcianos foram russos, coreanos, vietnamitas, cubanos, nicaraguenses, afegãos, iraquianos, iranianos...

Amnésias

Nicolae Ceaucescu exerceu a ditadura da Romênia durante mais de vinte anos.

Não teve oposição, porque a população estava fazendo outras coisas nos cárceres e nos cemitérios, mas todos tinham direito a aplaudir sem limites os faraônicos monumentos que ele erguia, em homenagem a si mesmo, com mão de obra gratuita.

O direito ao aplauso também foi exercido por prestigiosos políticos, como Richard Nixon e Ronald Reagan, que eram seus íntimos, e pelo Fundo Monetário Internacional e o Banco Mundial, que derramaram dinheiramas e elogios sobre essa ditadura comunista que sem chiar obedecia suas ordens.

Para celebrar seu poder absoluto, Ceaucescu mandou fazer um cetro de marfim e outorgou a si mesmo o título de Condutor do Povo.

Seguindo o costume, ninguém se opôs.

Mas muito pouco depois, quando se desatou o furacão da fúria popular, o fuzilamento de Ceaucescu foi uma cerimônia de exorcismo coletivo.

Então, num passe de mágica, o bom entre os bons, o preferido dos poderosos do mundo, passou a ser o malvado da história.

Volta e meia acontece.

O nome mais tocado

Na primavera de 1979, o arcebispo de El Salvador, Oscar Arnulfo Romero, viajou para o Vaticano. Pediu, rogou, mendigou uma audiência com o papa João Paulo II:
— Espere a sua vez.
— Não sabemos ainda.
— Volte amanhã.
Enfim, entrando na fila dos fiéis que esperavam a bênção, um entre tantos, Romero surpreendeu Sua Santidade e conseguiu roubar-lhe alguns minutos.
Tentou entregar um volumoso relatório, fotos, depoimentos, mas o Papa devolveu:
— Eu não tenho tempo para ler tanta coisa!
E Romero balbuciou que milhares de salvadorenhos haviam sido torturados e assassinados pelo poder militar, entre eles muitos católicos e cinco sacerdotes, e que ainda ontem, na véspera daquela audiência, o exército tinha baleado vinte e cinco diante das portas da catedral.
O chefe da Igreja fez com que ele parasse em seco:
— Não exagere, senhor arcebispo!
O encontrou não durou muito mais.
O herdeiro de são Pedro exigiu, mandou, ordenou:
— Vocês têm de se entender com o governo! Um bom cristão não cria problemas para a autoridade! A Igreja quer paz e harmonia!

Dez meses depois, o arcebispo Romero caiu fulminado numa paróquia de San Salvador. A bala derrubou-o em plena missa, quando estava erguendo a hóstia.

De Roma, o Sumo Pontífice condenou o crime.

Esqueceu de condenar os criminosos.

Anos depois, no parque Cuscatlán, um muro infinitamente longo recorda as vítimas civis da guerra. São milhares e milhares de nomes gravados, em branco, sobre mármore negro. O nome do arcebispo Romero é o único que está meio apagado.

Meio apagado pelos dedos das pessoas.

Setembro, 7:
O visitante

Nestes dias do ano 2000, cento e oitenta e nove países firmaram a Declaração do Milênio, em que se comprometiam a resolver todos os dramas do mundo.

O único objetivo alcançado não aparece na lista: conseguiu-se multiplicar a quantidade de especialistas necessários para levar adiante tarefas tão difíceis.

Pelo que ouvi dizer em São Domingos, um desses especialistas estava percorrendo os arredores da cidade quando se deteve diante do galinheiro de dona Maria de las Mercedes Holmes, e perguntou a ela:

— Se eu disser exatamente quantas galinhas a senhora tem, a senhora me dá uma?

E ligou seu computador tablet com tela touch screen, ativou o GPS, conectou-se através de seu telefone celular 3G com o sistema de fotos de satélite e pôs o contador de pixels para funcionar:

— A senhora tem cento e trinta e duas galinhas.

E pegou uma.

Dona Maria de las Mercedes não ficou calada:

— Se eu disser ao senhor qual é o seu trabalho, o senhor me devolve a galinha? Pois então eu digo: o senhor é um especialista internacional. Eu notei porque veio sem ser chamado por ninguém, entrou no galinheiro sem pedir licença, me contou uma coisa que eu já sabia e me cobrou por isso.

Assaltado assaltante

Na América Latina, as ditaduras militares queimavam os livros subversivos. Agora, na democracia, queimam-se os livros de contabilidade. As ditaduras militares desapareciam com as pessoas. As ditaduras financeiras desaparecem com o dinheiro.

Um belo dia, os bancos da Argentina se negaram a devolver o dinheiro dos clientes e poupadores.

Norberto Roglich havia guardado suas economias no banco, para que não fossem comidas pelos camundongos nem roubadas pelos ladrões. Quando foi assaltado pelo banco, dom Norberto estava muito doente, porque os anos não passam em vão, e a pensão da aposentadoria não dava para pagar os remédios.

Assim, não lhe restava outra saída: desesperado, invadiu a fortaleza financeira e sem pedir licença abriu caminho até a escrivaninha do gerente. Na mão, apertava uma granada:

– Ou me dão o meu dinheiro, ou vamos juntos pelos ares.

A granada era de brinquedo, mas fez o milagre: o banco entregou seu dinheiro.

Depois, dom Norberto foi preso. O promotor pediu de oito a dezesseis anos de prisão. Para ele, não para o banco.

Outubro, 14:
Uma derrota da Civilização

No ano de 2002, fecharam as portas os oito restaurantes McDonald's na Bolívia.

Apenas cinco anos durou essa missão civilizadora.

Ninguém a proibiu. Aconteceu simplesmente que os bolivianos lhes deram as costas, ou melhor, se negaram a dar-lhes a boca. Os ingratos se negaram a reconhecer o gesto da empresa mais exitosa do planeta, que desinteressadamente honrava o país com sua presença.

O amor ao atraso impediu que a Bolívia se atualizasse com a comida de plástico e os vertiginosos ritmos da vida moderna.

As empanadas caseiras derrotaram o progresso. Os bolivianos continuam comendo sem pressa, em lentas cerimônias, teimosamente apegados aos antigos sabores nascidos no fogão familiar.

Foi-se embora, para nunca mais, a empresa que no mundo inteiro se dedica a dar felicidade para as crianças, a mandar embora os trabalhadores que se sindicalizam e a multiplicar os gordos.

Maio, 15:
Que amanhã não seja outro nome de hoje

No ano de 2011, milhares de jovens, despojados de suas casas e de seus empregos, ocuparam as praças e as ruas de várias cidades da Espanha.

E a indignação se disseminou. A boa saúde acabou sendo mais contagiosa que as pestes, e as vozes dos indignados atravessaram as fronteiras desenhadas nos mapas. Assim ecoaram pelo mundo:

Disseram para a gente "já pra rua", e aqui estamos.
Apague a televisão e ligue a rua.
Chamam de crise, mas é roubo.
Não falta dinheiro: sobram ladrões.
O mercado governa. Eu não votei nele.
Eles decidem pela gente, sem a gente.
Aluga-se escravo econômico.
Estou procurando meus direitos. Alguém viu por aí?
Se não deixam a gente sonhar, não vamos deixá-los dormir.

Magos

No ano de 2014, o Fundo Monetário Internacional propôs uma fórmula infalível para a salvação universal contra a crise econômica:
Baixar o salário mínimo.
Os especialistas do FMI haviam descoberto que esse corte aumentaria a oferta de empregos para a população jovem: os jovens ganhariam menos, mas podiam compensar a diferença trabalhando mais.
Tão generosos cérebros merecem a gratidão universal. Mas vão passando os dias e os anos, e ainda não foi posta em prática, em escala universal, essa invenção genial.

Somos andando

A história oficial, memória mutilada, é uma longa cerimônia de autoelogio dos mandachuvas do mundo. Seus refletores, que iluminam os topos, deixam a base na obscuridade. Na melhor das hipóteses, os invisíveis de sempre integram o cenário, como os extras de Hollywood. Mas são eles, os negados, mentidos, escondidos protagonistas da realidade passada e presente, que encarnam o esplêndido leque de outra realidade possível. Ofuscada pelo elitismo, pelo racismo, pelo machismo e pelo militarismo, a América continua ignorando a plenitude que contém. E isto é duas vezes certo para o sul: a América Latina conta com a mais fabulosa diversidade humana e vegetal do planeta. Ali residem sua fecundidade e sua promessa. Como disse o antropólogo Rodolfo Stavenhagen, "a diversidade cultural é para a espécie humana o que a diversidade biológica é para a riqueza genética do mundo". Para que essas energias possam expressar as possíveis maravilhas das gentes e da terra, seria preciso não confundir a identidade com a arqueologia, nem a natureza com a paisagem. A identidade não está quieta nos museus, nem a ecologia se reduz à jardinagem.

Há cinco séculos, a gente e a terra das Américas foram incorporadas ao mercado mundial na condição de coisas. Uns poucos conquistadores, os conquistadores conquistados, foram capazes de intuir a pluralidade americana, e nela, e por ela, viveram. Mas a conquista, empresa cega e cegante como toda invasão imperial, só podia reconhecer os indígenas e a natureza como objetos de exploração ou como obstáculos. A diversidade cultural foi considerada como ignorância e castigada como heresia, em nome do deus único, da língua única e da verdade única, enquanto a natureza, besta feroz, era domada e obrigada a transformar-se em dinheiro. A comunhão dos indígenas com a terra constituía a certeza essencial de todas as culturas americanas, e este pecado da idolatria mereceu a pena do açoite, da forca e do fogo.

Já não se fala em *submeter* a natureza: agora os verdugos preferem dizer que é preciso *protegê-la*. Num e noutro caso, antes e agora, a natureza está *fora* de nós: a civilização que confunde os relógios com o tempo, também confunde a natureza com os cartões-postais. Mas a vitalidade do mundo, que zomba de qualquer classificação e está além de qualquer explicação, nunca fica quieta. A natureza se realiza em movimento e também nós, seus filhos, que somos o que somos e ao mesmo tempo somos o que fazemos para mudar o que somos. Como dizia Paulo Freire, o educador que morreu aprendendo: "Somos andando".

A verdade está na viagem, não no porto. Não há mais verdade do que a busca da verdade. Estamos condenados ao crime? Bem sabemos que os bichos humanos andamos muito dedicados a devorar o próximo e a devastar o planeta, mas também sabemos que não estaríamos aqui se nossos remotos avós do paleolítico não tivessem sabido adaptar-se à natureza, da qual faziam parte, e não tivessem sido capazes de compartilhar o que colhiam e caçavam. Viva onde viva, viva como viva, viva quando viva, cada pessoa contém muitas pessoas possíveis e é o sistema de poder, que nada tem de eterno, que a cada dia convida para entrar em cena nossos habitantes mais safados, enquanto impede que os outros cresçam e os proíbe de aparecer. Embora estejamos malfeitos, ainda não estamos terminados; e é a aventura de mudar e de mudarmos que faz com que valha a pena esta piscadela que somos na história do universo, este fugaz calorzinho entre dois gelos.

Latino-americanos

Dizem que temos faltado ao nosso encontro com a história e, enfim, é preciso reconhecer que chegamos tarde a todos os encontros.

Tampouco conseguimos tomar o poder, e a verdade é que, às vezes, nos perdemos pelo caminho ou nos enganamos de rumo e depois tratamos de fazer um longo discurso sobre o tema.

Nós, latino-americanos, temos a má fama de charlatães, vagabundos, criadores de caso, esquentados e festeiros, e não há de ser por nada. Ensinaram-nos que, por lei do mercado, o que não tem preço não tem valor, e sabemos que nossa cotação não é muito alta. No entanto, nosso aguçado faro para negócios nos faz pagar por tudo que vendemos e comprar todos os espelhos que traem nosso rosto.

Levamos quinhentos anos aprendendo a nos odiar entre nós mesmos e a trabalhar de corpo e alma para a nossa perdição, e assim estamos; mas ainda não conseguimos corrigir nossa mania de sonhar acordados e esbarrar em tudo, e certa tendência à ressurreição inexplicável.

Jogo de adivinhar

Os amigos se reuniram num grande banquete, com uma única condição: iam comer com os olhos vendados.
No final, o cozinheiro pediu:
– Que cada boca diga o que comeu.
A maioria opinou:
– Tem gosto de frango.
Esse era o único animal que não aparecia no menu, mas ninguém discutiu o assunto. Afinal, já nem mesmo o frango tem gosto de frango, porque agora tudo tem gosto de tudo e de nada, e nestes tempos de uniformização obrigatória os frangos são fabricados em série, como os mariscos e os peixes.
E como nós.

Dicionário da Nova Ordem Mundial (imprescindível na carteira das damas e no bolso dos cavalheiros)

apartheid. Sistema original da África do Sul, destinado a evitar que os negros invadam seu próprio país. A Nova Ordem o aplica, democraticamente, contra todos os pobres do mundo, seja qual for sua cor.

bandeira. Contém tantas estrelas que já não há lugar para as listras. Japão e Alemanha estudam desenhos alternativos.

comércio, liberdade de. Droga estupefaciente proibida nos países ricos que os países ricos vendem aos países pobres.

consumo, sociedade de. Prodigiosa embalagem cheia de nada. Invenção de alto valor científico, que permite suprimir as necessidades reais, mediante a oportuna imposição de necessidades artificiais. No entanto, a Sociedade de Consumo gera uma certa resistência nas regiões mais atrasadas. (Declaração de Dom Pampero Conde, nativo de Cardona, Uruguai: "Para que vou querer frio, se não tenho sobretudo".)

custos, cálculo de. Estima-se em 40 milhões de dólares o custo mínimo de uma campanha eleitoral para a presidência dos Estados Unidos. Nos países do Sul, o custo de fabricação de um presidente acaba sendo consideravelmente menor, devido à ausência de impostos e ao baixo preço da mão de obra.

criação. Delito cada vez menos frequente.

cultura universal. Televisão.

desenvolvimento. Nas serras da Guatemala: "Não é preciso matar todo mundo. Desde 1982, demos desenvolvimento a 70 por cento da população, ao mesmo tempo que matamos os restantes 30 por cento". (General Héctor Alejandro Gramajo, ex-ministro da Defesa da Guatemala, recentemente formado no curso de Relações Internacionais da Universidade de Harvard. Publicado em *Harvard International Review*, edição da primavera de 1991.)

dinheiro, liberdade do. Diz-se de Herodes solto numa festa infantil.

dívida externa. Compromisso que cada latino-americano assume ao nascer, pela módica quantia de 2 mil dólares, para financiar o bastão com que será golpeado.

governo. No Sul, instituição especializada na difusão da pobreza, que periodicamente se reúne com seus pares para festejar os resultados de seus atos. A última Conferência Regional sobre a Pobreza, que reuniu no Equador os governos da América Latina, revelou que já se conseguiu condenar à pobreza uns 62,3 por cento da população latino-americana. A Conferência festejou a eficácia do novo Método Integrado de Medição da Pobreza (MIMP).

guerra. Castigo que se aplica aos países do Sul quando pretendem elevar os preços de seus produtos de exportação. O mais recente castigo foi exitosamente praticado contra o Iraque. Para corrigir a cotação do petróleo, foi necessário produzir 150 mil danos colaterais, vulgarmente chamados de "vítimas humanas", no início de 1991.

guerra fria. Já era. Necessitam-se novos inimigos. Interessados, favor dirigir-se ao Pentágono, Washington DC, ou à delegacia mais próxima.

história. Em 12 de outubro de 1992, a Nova Ordem Mundial completou quinhentos anos.

ideologias, morte das. Expressão que comprova a definitiva extinção das ideias incômodas, e das ideias em geral.

impunidade. Recompensa que se outorga ao terrorismo, quando for de Estado.

intercâmbio. Mecanismo que permite aos países pobres pagar quando compram e também quando vendem. Um computador custa, hoje em dia, três vezes mais café e quatro vezes mais cacau do que há cinco anos. (Banco Mundial, cifras de 1991.)

life, american way of. Modo de vida típico dos Estados Unidos, onde é pouco praticado.

mercado. Lugar onde se fixa o preço das pessoas e de outras mercadorias.

mundo. Lugar perigoso. "Apesar do desaparecimento da ameaça soviética, o mundo continua sendo um lugar perigoso." (George Bush, mensagem anual ao Congresso, 1991.)

mundo, mapa do. Um mar com duas orlas. Ao Norte, poucos com muito. Ao Sul, muitos com pouco. O Leste, que conseguiu deixar de ser Leste, quer ser o Norte, mas à entrada do Paraíso encontra um cartaz dizendo: *Lotado*.

natureza. Os arqueólogos localizaram certos vestígios.

ninja, tartarugas. Violentos bichinhos que lutam contra o mal, ajudados por um elixir mágico que se chama, como o dólar, *green stuff*.

ordem. O mundo gasta seis vezes mais recursos públicos em pesquisas militares do que em pesquisas médicas. (Organização Mundial da Saúde, dados de 1991.)

pobreza. Em 1729, Jonathan Swift escreveu seu ensaio *Modesta proposta para evitar que os filhos dos pobres tornem-se um fardo para seus pais e para o país e para torná-los úteis para o público*. Nesta obra, o autor recomenda engordar as crianças pobres antes de comê-las. À luz do perigoso desenvolvimento do problema em nossos dias, os especialistas internacionais consideram colocar em prática esta interessante iniciativa.

poder. Relação do Norte com o Sul. Diz-se também da atividade exercida no Sul por aquelas pessoas do Sul que vivem e gastam e pensam como se fossem do Norte.

privatização. Transação mediante a qual o Estado argentino passa a ser propriedade do Estado espanhol.

riqueza. Segundo os ricos, não traz felicidade. Segundo os pobres, traz algo bastante parecido. Mas as estatísticas indicam que os ricos são ricos porque são poucos, e as forças armadas e a polícia se encarregam de esclarecer qualquer possível confusão a esse respeito.

televisão. Cultura universal. Ditadura da Imagem Única, que vigora em todos os países. Agora o mundo inteiro tem a liberdade de ver as mesmas imagens e escutar as mesmas palavras. Diferentemente da extinta Ditadura do Partido Único, a Ditadura da Imagem Única trabalha em prol da felicidade do gênero humano e do desenvolvimento de sua inteligência.

veneno. Substância que atualmente predomina no ar, na água, na terra e na alma.

Os rebeldes

Celebração da voz humana

Tinham as mãos amarradas, ou algemadas, e ainda assim os dedos dançavam, voavam, desenhavam palavras.
Os presos estavam encapuzados; mas inclinando-se conseguiam ver alguma coisa, alguma coisinha, por baixo. E embora fosse proibido falar, eles conversavam com as mãos.
Pinio Ungerfeld me ensinou o alfabeto dos dedos, que aprendeu na prisão sem professor:
– Alguns tinham caligrafia ruim – me disse. – Outros tinham letra de artista.
A ditadura uruguaia queria que cada um fosse apenas um, que cada um fosse ninguém: nas cadeias e quartéis, e no país inteiro, a comunicação era delito.
Alguns presos passaram mais de dez anos enterrados em calabouços solitários do tamanho de um ataúde, sem escutar outras vozes além do ruído das grades ou dos passos das botas pelos corredores. Fernández Huidobro e Mauricio Rosencof, condenados a essa solidão, salvaram-se porque conseguiram conversar, com batidinhas na parede. Assim contavam sonhos e lembranças, amores e desamores; discutiam, se abraçavam, brigavam; compartilhavam certezas e belezas e também dúvidas e culpas e perguntas que não têm resposta.
Quando é verdadeira, quando nasce da necessidade de dizer, a voz humana não encontra quem a detenha. Se lhe negam a boca,

ela fala pelas mãos, ou pelos olhos, ou pelos poros, ou por onde for. Porque todos, todos, temos algo a dizer aos outros, alguma coisa, alguma palavra que merece ser celebrada ou perdoada pelos demais.

1525, Tuxkahá:
Cuauhtémoc

Do galho de uma antiga ceiba balança, pendurado pelos tornozelos, o corpo do último rei dos astecas.

Cortez cortou-lhe a cabeça.

Tinha vindo ao mundo em berço rodeado de escudos e dardos, e estes foram os primeiros ruídos que ouviu:

– Tua própria terra é outra. À outra terra estás prometido. Teu verdadeiro lugar é o campo de batalha. Teu ofício é dar de beber ao sol com o sangue de teu inimigo e dar de comer à terra com o corpo de teu inimigo.

Há vinte e nove anos, os magos derramaram água sobre sua cabeça e pronunciaram as palavras do ritual:

– Em que lugar te escondes, desgraça? Em que membro te ocultas? Afaste-se deste menino!

Chamaram-no Cuauhtémoc, águia que cai. Seu pai tinha estendido o império de mar a mar. Quando o príncipe chegou ao trono, os invasores já tinham vindo e vencido. Cuauhtémoc ergueu-se em armas e resistiu. Foi o chefe dos bravos. Quatro anos depois da derrota de Tenochtitlán, ainda ressoam, do fundo da selva, os cantares que clamam pela volta do guerreiro.

Quem balança, agora, seu corpo mutilado? O vento ou a ceiba? Não é a ceiba quem o acalanta, de sua vasta copa? Não aceita a ceiba este galho partido, como um braço a mais entre os mil que nascem de seu tronco majestoso? Brotarão deste galho flores vermelhas?

A vida continua. A vida e a morte continuam.

1663, Margens do Rio Paraíba: A liberdade

Há muito apagaram-se os latidos dos cães de caça e as trombetas dos caçadores de escravos.

O fugitivo atravessa o campo, montes de palha brava mais altos que ele, e corre para o rio.

Atira-se no campo de boca para baixo, os braços abertos, as pernas abertas. Escuta vozes cúmplices de grilos e cigarras e sapinhos. "Não sou uma coisa. Minha história não é a história das coisas." Beija a terra, morde a terra. "Tirei o pé da armadilha. Não sou uma coisa." Gruda seu corpo nu contra a terra molhada de orvalho e escuta o rumor das plantinhas que atravessam a terra, ansiosas de nascer. Está louco de fome e pela primeira vez a fome é uma alegria. Tem o corpo todo atravessado de talhos e não sente esses talhos. Vira para o céu, como se pudesse abraçá-lo. A lua sobe e brilha e o golpeia, violentos golpes de luz, pinceladas de luz de lua cheia e as estrelas suculentas, e ele ergue-se e busca o rumo.

Agora, rumo à selva. Agora, rumo aos grandes leques verdes.

– Também vais a Palmares? – pergunta o fugitivo para a formiga que anda por sua mão, e pede:

– Me guia.

1711, Paramaribo:
Elas levam a vida nos cabelos

Por mais negros que crucifiquem ou pendurem em ganchos de ferro que atravessam suas costelas, são incessantes as fugas nas quatrocentas plantações da costa do Suriname. Selva adentro, um leão negro flameja na bandeira amarela dos cimarrões. Na falta de balas, as armas disparam pedrinhas ou botões de osso; mas a floresta impenetrável é o melhor aliado contra os colonos holandeses.

Antes de escapar, as escravas roubam grãos de arroz e de milho, pepitas de trigo, feijão e sementes de abóbora. Suas enormes cabeleiras viram celeiros. Quando chegam nos refúgios abertos na selva, as mulheres sacodem as cabeças e fecundam, assim, a terra livre.

1739, New Nanny Town:
Nanny

Nos precipícios do oriente da Jamaica, os bandos dispersos de Barlovento obedecem a Nanny, assim como a obedecem os esquadrões de mosquitos. Nanny, grande fêmea de barro aceso, amante dos deuses, veste apenas um colar de dentes de soldados ingleses.

Ninguém a vê, todos a veem. Dizem que morreu, mas ela se atira nua, negra rajada, no meio do tiroteio. Agacha-se de costas para o inimigo, e sua bunda magnífica atrai as balas. Às vezes as devolve, multiplicadas, e às vezes as transforma em flocos de algodão.

1820, Paso del Boquerón:
Artigas

Os três grandes portos do sul, Rio de Janeiro, Buenos Aires e Montevidéu, não tinham podido com as colunas montoneras de José Artigas, o caudilho de terra adentro.

Mas a morte tinha levado a maioria de sua gente.

Artigas finca a lança na margem e cruza o rio. Rumando contra o coração vai-se embora para o Paraguai, para o exílio, o homem que não quis que a independência da América fosse uma emboscada contra seus filhos mais pobres.

O senhor

Sem virar a cabeça, o senhor afunda no exílio. Vejo o senhor, estou vendo: desliza o Paraná com preguiça de lagarto e lá se afasta ondulando seu poncho mambembe, ao trote do cavalo, e se perde na mata.

O senhor não diz adeus à sua terra. Ela não acreditaria. Ou talvez o senhor não saiba, ainda, que está indo para sempre.

Vai ficando cor de cinza a paisagem. O senhor vai-se embora, vencido, e sua terra fica sem fôlego. Será que lhe devolverão a respiração os filhos que nascerem, os amantes que chegarem? Os que desta terra brotem, os que nela entrem, serão dignos de tristeza tão profunda?

Sua terra. Nossa terra do sul. O senhor será muito necessário a ela, dom José. Cada vez que os ambiciosos a machucarem e humilharem, cada vez que os bobos acharem que ela está muda e estéril, o senhor fará falta. Porque o senhor, dom José Artigas, general dos simples, é a melhor palavra que ela pronunciou.

1824, Montevidéu:
Crônicas da cidade, a partir da poltrona do barbeiro

Nenhuma brisa faz tilintar a bacia de latão pendurada em um arame, sobre o oco da porta, anunciando que aqui se fazem barbas, arrancam-se dentes e aplicam-se ventosas.

Por mero hábito, ou para sacudir-se da sonolência do verão, o barbeiro andaluz discursa e canta enquanto acaba de cobrir de espuma a cara de um cliente. Entre frases e bulícios, sussurra a navalha. Um olho do barbeiro vigia a navalha, que abre caminho no creme, e outro vigia os montevideanos que abrem caminho pela rua poeirenta. Mais afiada é a língua que a navalha, e não há quem se salve das esfoladuras. O cliente, prisioneiro do barbeiro enquanto dura a função, mudo, imóvel, escuta a crônica de costumes e acontecimentos e de vez em quando tenta seguir, com o rabo do olho, as vítimas fugazes.

Passa um par de bois, levando uma morta para o cemitério. Atrás da carreta, um monge desfia o rosário. À barbearia chegam os sons de algum sino que, por rotina, despede a defunta de terceira classe. A navalha para no ar. O barbeiro faz o sinal da cruz e de sua boca saem palavras sem desolação:

– Coitadinha. Nunca foi feliz.

O cadáver de Rosalía Villagrán está atravessando a cidade ocupada pelos inimigos de Artigas. Há muito que ela acreditava que era outra, e achava que vivia em outro tempo e em outro mundo, e no hospital de caridade beijava as paredes e discutia com as pombas. Rosalía Villagrán, esposa de Artigas, entrou na morte sem uma moeda que lhe pagasse o ataúde.

1830, Rio Magdalena:
Baixa o barco rumo ao mar

Terra verde, terra negra. Lá longe a névoa desbota montanhas. O Magdalena leva Bolívar águas abaixo.

– Não.

Nas ruas de Lima, estão queimando sua Constituição os mesmos que tinham lhe dado de presente uma espada cheia de diamantes. Aqueles que o chamavam "Pai da Pátria" estão queimando sua efígie nas ruas de Bogotá. Em Caracas o declaram, oficialmente, "inimigo da Venezuela". Lá em Paris publicam artigos que o infamam; e os amigos que sabem elogiá-lo não sabem defendê-lo.

– Não posso.

Era isso a história dos homens? Esse labirinto, esse vão jogo de sombras? O povo venezuelano amaldiçoa as guerras que lhe arrebataram a metade dos filhos em remotas regiões, e não lhe deram nada. A Venezuela se desgarra da Grande Colômbia e o Equador também se afasta, enquanto Bolívar jaz debaixo de um sujo toldo na barca que baixa pelo rio Magdalena rumo ao mar.

– Não posso mais.

Os negros continuam sendo escravos na Venezuela, apesar das leis. Na Colômbia e no Peru, as leis ditadas para *civilizar os* índios são aplicadas para despojá-los. O tributo, imposto colonial que os índios pagam por serem índios, voltou a se impor na Bolívia.

Era isso, era isso a história? Toda a grandeza se torna anã. Na nuca de cada promessa aparece a traição. Os próceres se convertem em vorazes latifundiários. Os filhos da América se destroçam entre si. Sucre, o preferido, o herdeiro, que se salvara do veneno e do punhal, cai nos bosques, a caminho de Quito, derrubado por uma bala.

– Não posso mais. Vamos embora.

No rio deslizam jacarés e troncos. Bolívar, pele amarela, olhos sem luz, tiritando, delirando, baixa pelo Magdalena rumo ao mar, rumo à morte.

1851, Latacunga:
El loco

— Em vez de pensarmos em medos, em persas, em egípcios, pensemos nos índios. Mais nos vale entender um índio que um Ovídio. Empreenda sua escola com índios, senhor reitor.

Simón Rodríguez oferece seus conselhos ao colégio da aldeia de Latacunga, no Equador: que uma cátedra de língua quíchua substitua a de latim, e que se ensine física em vez de teologia. Que o colégio levante uma fábrica de louça e outra de vidro. Que se implantem mestria de construção, carpintaria e ferraria.

Pelas costas do Pacífico e montanhas dos Andes, de aldeia em aldeia, peregrina dom Simón. Ele nunca quis ser árvore, quis ser vento. Leva um quarto de século levantando pó pelos caminhos da América. Desde que Sucre o expulsou de Chuquisaca, fundou muitas escolas e fábricas de velas e publicou um par de livros que ninguém leu. Com suas próprias mãos compôs os livros, letra a letra, porque não há tipógrafo que possa com tantas chaves e quadros sinóticos. Esse velho vagabundo, calvo e feio e barrigudo, curtido pelos sóis, leva nas costas um baú cheio de manuscritos condenados pela absoluta falta de dinheiro e de leitores. Roupa, não leva. Não tem mais que a que leva no corpo.

Bolívar o chamava *meu mestre, meu Sócrates*. Dizia-lhe: *o senhor moldou meu coração para o grande e o belo*. As pessoas apertam os dentes para não rir, quando o louco Rodríguez lança suas perorações sobre o trágico destino destas terras hispano-americanas:

— Estamos cegos! Cegos!

Quase ninguém o escuta, ninguém acredita nele. Acham que é judeu, porque vai regando filhos por onde passa e não os batiza com nomes de santos, e os chama Milho, Abóbora, Cenoura e outras heresias. Mudou de sobrenome três vezes e diz que nasceu em Caracas, mas também diz que nasceu na Filadélfia e em Sanlúcar de Barrameda. Correm rumores de que uma de suas escolas, a de Concepción, no Chile, foi arrasada por um terremoto que Deus enviou quando soube que dom Simón ensinava anatomia passeando pelado na frente dos alunos.

Cada dia está mais sozinho dom Simón. O mais audaz, o mais amável dos pensadores da América, cada dia mais sozinho.

Aos oitenta anos, escreve:

Eu quis fazer da terra um paraíso para todos. Fiz dela um inferno para mim.

1853, Paita:
Os três

Já não se veste de capitã, não dispara pistolas, nem monta a cavalo. Não caminham as pernas e o corpo inteiro transborda em gorduras; mas ocupa sua cadeira de inválida como se fosse um trono e descasca laranjas e goiabas com as mãos mais belas do mundo.

Rodeada de cântaros de barro, Manuela Sáenz reina na penumbra do portal de sua casa. Mais além, se abre, entre morros da cor da morte, a baía de Paita. Desterrada nesse porto peruano, Manuela vive de preparar doces e conservas de frutas. Os navios param para comprar. Gozam de grande fama, nessa costa, seus manjares. Por uma colheradinha, suspiram os mestres das baleeiras.

Ao cair da noite, Manuela se diverte jogando restos aos cães vagabundos, que ela batizou com nomes dos generais que foram desleais a Bolívar. Enquanto Santander, Páez, Córdoba, Lamar e Santa Cruz disputam os ossos, ela acende seu rosto de lua, cobre com o leque a boca sem dentes e começa a rir. Ri com o corpo inteiro e os muitos bordados esvoaçantes.

Do povoado de Amotape vem, às vezes, um velho amigo. O andarilho Simón Rodríguez senta-se em uma cadeira de balanço, junto a Manuela, e os dois fumam e conversam e se calam. As pessoas que Bolívar mais quis, o mestre e a amante, mudam de assunto se o nome do herói escorrega para a conversa.

Quando dom Simón vai-se embora, Manuela pede que lhe passem o cofre de prata. Abre o cofre com a chave escondida no peito e acaricia as muitas cartas que Bolívar tinha escrito *à única mulher,* papéis gastos que ainda dizem: *Quero ver-te e rever-te e tocar-te e sentir-te e saborear-te...* Então pede o espelho e se penteia longa e calmamente, para que ele venha visitá-la em sonhos...

1865, Washington: Lincoln

Abe vem do Kentucky. Lá, o pai ergueu o machado e descarregou o martelo e a cabana teve paredes e tetos e leitos de folhagem. Cada dia o machado cortava lenha para o fogo e um dia o machado arrancou do bosque a madeira necessária para que a mãe de Abe fosse enterrada debaixo da neve. Abe era muito criança enquanto o martelo golpeava esses pregos de madeira. A mãe nunca mais faria pão branco aos sábados, nem piscariam nunca mais aqueles olhos sempre perplexos, de modo que o machado trouxe madeira para construir uma balsa e o pai levou os filhos para Indiana, pelo rio.

Vem de Indiana. Lá Abe desenhou com um carvão suas primeiras letras e foi o melhor lenhador do distrito.

Vem de Illinois. Em Illinois amou uma mulher chamada Ann e se casou com outra chamada Mary, que falava francês e tinha inaugurado a moda da saia-balão na cidade de Springfield. Mary decidiu que Abe seria presidente dos Estados Unidos. Enquanto ela paria filhos varões, ele escrevia discursos e um que outro poema sobre o que passou, triste ilha, mágica ilha banhada em luz líquida.

Vem do Capitólio, em Washington. Da janela, via o mercado de escravos, uma espécie de estábulo onde ficavam os negros trancados feito cavalos.

Vem da Casa Branca. Chegou à Casa Branca prometendo reforma agrária e proteção à indústria e proclamando que aquele que priva o outro de sua liberdade não é digno de desfrutá-la. Entrou na Casa Branca jurando que governaria de tal maneira que pudesse ter ainda um amigo dentro de si quando já não tivesse amigos. Governou em guerra e em guerra cumpriu todas as suas promessas. Ao amanhecer era visto de chinelos, parado na porta da Casa Branca esperando o jornal.

Vem sem pressa. Abraham Lincoln nunca teve pressa. Caminha como pato, apoiando inteiramente seus pés enormes, e como torre sobressai na multidão que o ovaciona. Entra no teatro e lentamente sobe as escadas rumo ao camarote presidencial. No camarote sobre flores e bandeiras, se recorta na sombra sua cabeça ossuda, pescoço comprido, e na sombra brilham os olhos mais doces e o mais melancólico sorriso da América.

Vem da vitória e do sonho. Hoje é Sexta-Feira Santa e há cinco dias que o general Lee se rendeu. Ontem à noite, Lincoln sonhou com um mar de mistério e um estranho navio que navegava rumo às margens cheias de brumas.

Lincoln vem da sua vida inteira, caminhando sem pressa rumo a esse encontro no camarote de um teatro na cidade de Washington.

E vem para ele a bala que lhe parte a cabeça.

1870, Cerro Corá:
Solano López

Essa é uma caravana de mortos que respiram. Os últimos soldados do Paraguai peregrinam atrás dos passos do marechal Francisco Solano López. Não se veem botas nem arreios, porque foram comidos, mas tampouco chagas ou farrapos: são de barro e osso os soldados que perambulam pelos bosques, máscaras de barro, couraças de barro, carne de olaria que o sol cozinhou com o barro dos pântanos e o pó vermelho dos desertos.

O marechal López não se rende. Alucinado, a espada para cima, encabeça essa última marcha rumo a parte alguma. Descobre conspirações, ou delira com elas, e por delito de traição ou de fraqueza manda matar seu irmão e todos os seus cunhados e também o bispo e um ministro e um general... Na falta de pólvora, as execuções são cumpridas à lança. Muitos caem por sentença de López, e muitos mais por exaustão, e no caminho ficam. A terra recupera o que é seu e os ossos dão o rastro ao perseguidor.

As imensas hostes inimigas fecham o cerco em Cerro Corá. Derrubam López nas margens do rio Aquidabán e o ferem com lança e o matam com a espada. E com um tiro arrematam, porque ainda ruge.

1870, Cerro Corá:
Elisa Lynch

Rodeada pelos vencedores, Elisa cava com as unhas uma sepultura para Solano López.

Já não soam os clarins, nem sibilam as balas, nem explodem as granadas. As moscas picam a cara do marechal e atacam seu corpo aberto, mas Elisa não vê nada além da névoa vermelha. Enquanto abre a terra com as mãos, ela insulta esse maldito dia; e se demora o sol no horizonte porque o dia não se atreve a se retirar antes que ela termine de amaldiçoá-lo.

Essa irlandesa de cabelos dourados, que lutou no comando de colunas de mulheres armadas de enxadas e paus, foi a mais implacável conselheira de López. Ontem à noite, ao cabo de dezesseis anos e quatro filhos, ele disse a ela pela primeira vez que a amava.

1934, Manágua:
Filme de terror: roteiro para
dois atores e alguns extras

Somoza sai da casa de Arthur Bliss Lane, embaixador dos Estados Unidos.

Sandino chega à casa de Sacasa, presidente da Nicarágua.

Enquanto Somoza se senta para trabalhar com seus oficiais, Sandino se senta para jantar com o presidente.

Somoza conta a seus oficiais que o embaixador acaba de lhe dar apoio incondicional para matar Sandino.

Sandino conta ao presidente os problemas da cooperativa de Wiwilí, onde ele e seus soldados trabalham na terra há mais de um ano.

Somoza explica aos seus oficiais que Sandino é um comunista inimigo da ordem, que tem escondidas muito mais armas que as que entregou.

Sandino explica ao presidente que Somoza não o deixa trabalhar em paz.

Somoza discute com seus oficiais se Sandino deve morrer de veneno, tiro, incêndio de avião ou emboscada nas montanhas.

Sandino discute com o presidente sobre o crescente poder da Guarda Nacional, dirigida por Somoza, e lhe adverte que logo

Somoza o derrubará com um sopro para sentar-se na poltrona presidencial.

Somoza termina de resolver alguns detalhes práticos e se despede de seus oficiais.

Sandino termina de beber seu café e se despede do presidente.

Somoza se encaminha ao recital de uma poetisa e Sandino se encaminha para a morte.

Enquanto Somoza escuta os sonetos de Zoila Rosa Cárdenas, jovem valor das letras peruanas que distingue o país com sua visita, Sandino cai crivado de balas num lugar chamado A Caveira, no Caminho Solitário.

Celebração das bodas entre a palavra e o ato

Leio um artigo de um escritor de teatro, Arkadi Rajkin, publicado numa revista de Moscou. O poder burocrático, diz o autor, faz com que os atos, as palavras e os pensamentos jamais se encontrem: os atos ficam no local de trabalho, as palavras nas reuniões e os pensamentos no travesseiro.

Boa parte da força de Che Guevara, penso, essa misteriosa energia que vai muito além de sua morte e de seus equívocos, vem de um fato muito simples: ele foi um raro exemplo dos que dizem o que pensam e fazem o que dizem.

1967, Houston:
Ali

Deram para ele o nome de Cassius Clay: deu-se a si mesmo o nome de Muhammad Ali.

Fizeram dele um cristão: fez de si muçulmano.

Foi obrigado a se defender: bate como ninguém, feroz e veloz, tanque leve, demolidora pluma, indestrutível dono da coroa mundial.

Disseram a ele que um bom lutador de boxe deixa a raiva no ringue: ele diz que o verdadeiro ringue é outro, onde um negro triunfante luta pelos negros vencidos, pelos que comem restos nas cozinhas.

Aconselharam-no a ser discreto: desde então, grita.

Interceptaram seu telefone: desde então, grita também por telefone.

Vestiram nele uma farda para mandá-lo à guerra do Vietnã: tira a farda e grita que não vai, porque não tem nada contra os vietnamitas, que nada de mau fizeram a ele nem a nenhum outro negro norte-americano.

Tiraram dele o título mundial, proibiram-no de lutar, foi condenado à prisão e multado: gritando agradece estes elogios à sua dignidade humana.

A máquina

Quis desmaiar e maldisse a fortaleza de seu próprio corpo. Pensou: vou golpeá-los, para obrigá-los a me fazer desmaiar. Vou golpeá-los assim que retornarem.
Descobriu que já não estava amarrado. Descobriu que lhe haviam arrancado o capuz. Quis se levantar. O cérebro deu a ordem. A ordem baixou de célula em célula e as brancas cordas dos nervos transmitiram-na a viva voz, mas a medula não escutava. Os cabos tinham sido cortados, as pontes dinamitadas; a medula não respondia. O cérebro chamava o músculo, repetia a ordem, insistia: era inútil: esta perna estrangeira, esta perna de areia.
Sentiu-se alçado pelo pescoço e um jorro de luz bateu-lhe na cara e uma tempestade de clarões desencadeou-se no centro de seu crânio. Escutou vozes que o sacudiam: "Você o conhece? Você o conhece?". Viu uma cara. Pobre velhinho, desfigurado pelo medo. Pobre diabo. Dava pena. Era a cara de alguém que havia se perdido na selva, com barba e sujeira de anos e as feições inchadas e imprecisas. E, no entanto, era um espelho. Descobriu que era um espelho. Era um espelho o que estava à sua frente. Será um sonho? Estarei dormindo? Isso está acontecendo comigo. Eles riam às gargalhadas e ele quis rebentar o espelho, sentir-se saltar em pedaços, converter-se numa teia de vidro ou num monte de vidros quebrados por uma pancada: quis se arrebentar, e disse a si mesmo: levanta, braço; levanta, mão. Mas os braços e as mãos tampouco lhe pertenciam e

descobriu: sou os meus pedaços, sou os restos de mim mesmo. E descobriu: não sinto dor porque já não sinto meu corpo. Entreguei meu corpo. Arrancaram-no de mim. Eu o perdi.

Foi invadido pelo pânico da traição. Este corpo que já não é meu irá me trair? Trairá os meus? Não sabia quanto tempo havia passado e quis recordar os últimos interrogatórios, mas sua memória havia se inundado de dúvidas e incompreensão. Sentiu a obrigação de se matar, porque o nascimento e a morte não têm importância e o que importa é o que está no meio e ele não podia permitir que no meio estivesse a traição. Matar-se. Morrer-me, terminar-me. Fim do inferno, fim do céu, princípio de nada. Matar-me. Oferecer-me. O piso de cimento como um altar de pedra e o sangue esvaindo-se aos borbotões pela veia aberta e o prazer de pensar: "Ferrei com eles". Terei fim, mas o tempo não. Terei fim, mas o espaço não. A luta não. A sorte está lançada, mas lançada por mim.

Pensou no filho, como a se despedir.

Ainda não sabia que não iriam deixá-lo escolher. Ainda não lhe haviam rebentado o fígado, ao fim de várias semanas sem poder arrancar uma só palavra de sua boca. Ainda não o tinham atirado morto junto ao monte, pertinho de um povoado qualquer. E não sabia, nunca soube, que em algum lugar havia uma carta para ele. A carta dizia:

Perguntamos em tudo que é lugar e ninguém sabe nada do teu paradeiro.

Nos quartéis, riem de mim quando pergunto. Dizem que fugiste com outra, mas eu sei que te prenderam de novo porque veio um amigo teu que sabe e me disse. Me pergunto por onde andarás. Já imagino os sofrimentos que deves estar passando. Pode ser que esta carta chegue até ti e pode ser que não, mas de qualquer jeito vou levá-la para ver o que acontece.

O Yuyo diz que te manda um chiclete de bola, porque tu sabes fazer lindas bolas, bolas grandes, que voam, e assim podes te meter dentro de uma delas e escapar. Pede que tragas um guarda-chuva e um sorvete quando voltares. Hoje se levantou muito cedo para pedir que voltes quando surgir a estrela da manhã.

O Yuyo é uma maquininha de fazer perguntas. Me deixa louca com tantas perguntas. Quando vai começar tudo de novo? Quando vai começar tudo outra vez, do ano 1 em diante? Quantos segundos um século leva para passar?

Às vezes me diz que deseja nascer e deseja crescer, mas às vezes me diz que quer voltar a se enfiar na minha barriga.

Caminha muito sozinho, anda por aí, sem se dar com ninguém. Pergunta a qualquer um na rua que esteja vestindo um uniforme, mesmo que seja um porteiro de hotel: Quando é que vais devolver meu papai? Diz que vai fulminar a todos com o raio ultra-seven, chuta-os nos tornozelos e sai correndo.

Eu também sinto muito a tua falta. Esquece de todas as coisas feias que te disse e das vezes em que não te entendia. Só quero que voltes. Quero que fiquemos juntos nem que seja por pouco tempo e quero te dizer que és o melhor que já me aconteceu na vida.

Nunca gostaste que eu falasse desse jeito e mudavas de assunto ou tinhas um pequeno ataque de raiva e além disso sempre havia outras coisas de que falar, por exemplo, as maldades do governo ou o quanto as coisas estão caras e não há dinheiro que chegue.

Agora não sei se vais poder ler esta carta, mas de qualquer maneira sinto que preciso te dizer que fui mais feliz contigo do que os livros dizem que é possível.

1979, Granada:
As comandantes

Às suas costas, um abismo. À sua frente e aos lados, o povo armado acossando. O quartel A Pólvora, na cidade de Granada, último reduto da ditadura, está a ponto de cair.

Quando o coronel fica sabendo da fuga de Somoza, manda calar as metralhadoras. Os sandinistas também deixam de disparar.

Pouco depois abre-se o portão de ferro do quartel e aparece o coronel agitando um trapo branco.

– Não disparem!

O coronel atravessa a rua.

– Quero falar com o comandante.

Cai o lenço que lhe cobre a cara:

– A comandante sou eu – diz Mônica Baltodano, uma das mulheres sandinistas com comando de tropa.

– O quê?

Pela boca do coronel, macho altivo, fala a instituição militar, vencida mas digna, hombridade de calças compridas, honra da farda:

– Eu não me rendo a uma mulher! – ruge o coronel.

E se rende.

Celebração da coragem/1

Sérgio Vuskovic me conta os últimos dias de José Tohá.
– Suicidou-se – disse o general Pinochet.
– O governo não pode garantir a imortalidade de ninguém – escreveu um jornalista da imprensa oficial.
– Estava magro por causa dos nervos – declarou o general Leigh.
Os generais chilenos odiavam-no. Tohá tinha sido ministro da Defesa no governo Allende, e conhecia os seus segredos.
Estava num campo de concentração, na Ilha de Dawson, ao sul do sul.
Os prisioneiros estavam condenados a trabalhos forçados. Debaixo da chuva, metidos no barro ou na neve, os prisioneiros carregavam pedras, erguiam muros, colocavam encanamentos, pregavam postes e estendiam cercas de arame farpado.
Tohá, que tinha um metro e noventa de altura, estava pesando cinquenta quilos. Nos interrogatórios, desmaiava. Era interrogado sentado numa cadeira, com os olhos vendados. Quando despertava, não tinha forças para falar, mas sussurrava:
– Escute, oficial.
Sussurrava:
– Viva os pobres do mundo.
Estava há algum tempo tombado na barraca, quando um dia levantou-se. Foi o último dia em que se levantou.

Fazia muito frio, como sempre, mas havia sol. Alguém conseguiu café bem quente para ele e o negro Jorquera assoviou para ele um tango de Gardel, um daqueles velhos tangos dos quais ele tanto gostava.

As pernas tremiam, e a cada passo os joelhos se dobravam, mas Tohá dançou aquele tango. Dançou-o com uma vassoura, magra como ele, ele e a vassoura, ele encostando o cabo da vassoura em sua cara de fidalgo cavalheiro, os olhinhos fechados, até que numa volta caiu ao chão e já não conseguiu mais levantar.

Nunca mais foi visto.

Peregrinação na Jamaica

Vêm dos ocos das árvores, dos buracos da terra, das grotas das rochas.

Não os detêm as chuvas nem os rios. Atravessam pântanos, abismos, bosques. Não os despista a névoa nem os assustam os sóis ferozes. Descem das montanhas, lentos, implacáveis. Marcham de perfil, em linha reta, sem desvios. As couraças brilham ao sol. Os batalhões de guerreiros machos encabeçam a peregrinação. Diante do perigo erguem suas armas, suas tenazes. Muitos morrem ou perdem um braço abrindo caminho. Range a terra da Jamaica, coberta pelo imenso exército de caranguejos.

É longa a viagem rumo ao mar. Depois de dois ou três meses, chegam os que chegam, exaustos. Então as fêmeas se adiantam e se deixam cobrir pelas ondas do mar, e o mar lhes arranca as ovas.

Poucos voltam. Dos milhões que iniciaram a viagem até o mar, poucos voltam. Mas o mar incuba, debaixo da areia, um novo povo de caranguejos. E logo o novo povo empreende a travessia para as montanhas de onde suas mães vieram, e não há quem os detenha.

Os caranguejos não têm cabeça. Chegaram tarde à divisão de cabeças que lá, na África, o deus-rei fez, em seu palácio de algodão e cobre. Os caranguejos não têm cabeça, mas sonham e sabem.

O que o rio me contou

Lá por 1880 e pouco, o Gauchito Gil foi pendurado pelos pés e degolado pelas forças da ordem.

Desde aquele tempo, em Corrientes e em outros estados do norte argentino, proliferam os santuários populares que prestam homenagem à sua memória e pedem a ele ajuda para aguentar a vida e evitar a morte.

O Gauchito Gil, santificado pelo povo que por ele sente devoção, tinha sido condenado por crimes inventados. Ele só havia cometido o delito de deserção: tinha se negado a somar-se às filas de soldados argentinos, brasileiros e uruguaios que invadiram o Paraguai e em cinco anos de carnificinas não deixaram rancho de pé nem homem com vida.

– Eu não vou matar meus irmãos paraguaios – disse o Gauchito Gil, e essa foi a última coisa que ele disse.

Dezembro, 19:
Outra exilada

No final de 1919, duzentos e cinquenta *estrangeiros indesejáveis* partiram do porto de Nova York, com a proibição de regressar aos Estados Unidos.

Entre eles, foi para o exílio Emma Goldman, *estrangeira de alta periculosidade*, que havia estado presa várias vezes por se opor ao serviço militar obrigatório, por difundir métodos anticoncepcionais, por organizar greves e por outros atentados contra a segurança nacional.

Algumas frases de Emma:

A prostituição é o mais alto triunfo do puritanismo.
Haverá por acaso algo mais terrível, mais criminoso, que nossa glorificada e sagrada função da maternidade?
O Reino dos Céus deve ser um lugar terrivelmente aborrecido se os pobres de espírito vivem lá.
Se o voto mudasse alguma coisa, seria ilegal.
Cada sociedade tem os delinquentes que merece.
Todas as guerras são guerras entre ladrões demasiado covardes para lutar, que mandam outros morrer por eles.

Samuel Ruiz nasceu duas vezes

Em 1959, o bispo novo chegou a Chiapas.
Samuel Ruiz era um jovem horrorizado com o perigo comunista, que ameaçava a liberdade.
Fernando Benítez o entrevistou. Quando Fernando comentou que não merecia ser chamado de liberdade o direito de humilhar o próximo, foi expulso pelo bispo.
Dom Samuel dedicou seus primeiros tempos de bispado a pregar a resignação cristã aos índios, condenados à obediência escrava. Mas passaram-se os anos, e a realidade falou e ensinou, e dom Samuel soube ouvir.
E após meio século de bispado se transformou no braço religioso da insurreição zapatista.
Os nativos o chamavam de Bispo dos Pobres, o herdeiro de frei Bartolomé de las Casas.
Quando foi transferido pela Igreja, dom Samuel disse adeus a Chiapas, e levou com ele o abraço dos maias:
– Obrigado – eles disseram. – Nós já não caminhamos curvados.

Aquela nuca

Em 1967, passei uma temporada na Guatemala enquanto os esquadrões da morte, militares sem farda, semeavam o terror. Era a guerra suja: o exército norte-americano tinha treinado a mesma coisa no Vietnã e estava ensinando a lição na Guatemala, seu primeiro laboratório latino-americano.

Na selva conheci os guerrilheiros, os mais odiados inimigos daqueles fabricantes de medo.

Cheguei até eles, nas montanhas, levado por um automóvel dirigido por uma mulher que, astutamente, driblava todos os controles. Eu não vi aquela mulher, nem conheci a sua voz. Estava coberta da cabeça aos pés, e não disse nenhuma palavra durante as três horas da viagem, até que com um gesto da mão, em silêncio, abriu a porta de trás e me mostrou a vereda secreta que eu devia seguir montanha adentro.

Anos mais tarde, fiquei sabendo que ela se chamava Rogelia Cruz, que colaborava com a guerrilha e que tinha vinte e seis anos quando foi encontrada debaixo de uma ponte, depois de ter sido mil vezes violada e mutilada pelo coronel Máximo Zepeda e toda a sua tropa.

Eu só tinha visto a sua nuca.

Continuo a vendo.

Nomes

Arturo Alape conta que Manuel Marulanda Vélez, o famoso guerrilheiro colombiano, não se chamava assim. Há quarenta anos, quando empunhou armas, ele se chamava Pedro Antonio Marín. Naquela época, Marulanda era outro: negro de pele, grandalhão de tamanho, pedreiro de ofício e canhoto de ideias. Quando os policiais espancaram Marulanda até matá-lo, seus companheiros se reuniram em assembleia e decidiram que Marulanda não podia se acabar. Por unanimidade deram seu nome a Marín, que o carrega desde aquele tempo.

O mexicano Pancho Villa também levava o nome de um amigo morto pela polícia.

Dezembro, 17:
O foguinho

Nesta manhã do ano de 2010, Mohamed Bouazizi vinha arrastando, como todos os dias, seu carrinho de frutas e verduras em algum lugar da Tunísia.

Como todos os dias, chegaram os guardas, para cobrar o pedágio por eles inventado.

Mas esta manhã, Mohamed não pagou.

Os guardas bateram nele, viraram o carrinho e pisaram as frutas e as verduras esparramadas pelo chão.

Então Mohamed se regou com gasolina, da cabeça aos pés, e acendeu o fogo.

E essa fogueira pequenina, não mais alta do que qualquer vendedor de rua, alcançou em poucos dias o tamanho de todo o mundo árabe, incendiado pelas pessoas fartas de ser em ninguém.

O exílio

Um esplendor que demora entre minhas pálpebras

Ocorreu esta tarde, na estação, enquanto eu esperava o trem para Barcelona.

A luz acendeu a terra entre os trilhos. A terra teve de repente uma cor muito viva, como se o sangue tivesse subido ao seu rosto, e inchou debaixo dos trilhos.

Eu não estava feliz, mas a terra estava, enquanto durou esse longo momento, e era eu o que tinha consciência para saber e memória para guardar.

A garota com o corte no queixo

1

O temporal a trouxe.
Veio do norte, atravessando o vento, no carro do velho Matías. Eu a vi chegar, e minhas pernas afrouxaram. Estava com uma tiara vermelha e os cabelos revoltos por causa das rajadas do vento arenoso.
O tempo andava nos maltratando. Uma semana antes vimos que a tormenta estava chegando, porque o sul estava escuro e as franjas das nuvens corriam no céu como brancas caudas de éguas, e no mar os golfinhos saltavam como loucos: a tormenta veio, e ficou.
Era novembro. As fêmeas dos tubarões chegavam para parir na costa: esfregavam o ventre contra a areia do fundo do mar.
Nestes dias, quando a tormenta dava uma trégua, os cavalos percherões levavam as lanchas para além da rebentação e os pescadores se lançavam mar adentro. Mas o mar estava muito agitado. Os molinetes giravam e as redes subiam numa confusão de algas e porcarias e com uns poucos tubarões mortos ou moribundos. Perdia-se tempo desenredando e cerzindo os tremalhos. De repente o vento mudava, acometia brutalmente pelo leste ou pelo sul, o céu se carbonizava, as ondas varriam o barco: havia que virar a proa em direção à costa.

Três dias antes de ela chegar, um barco tinha virado, traído pela ventania súbita. A maré tinha levado um pescador. E não o tinha devolvido.

Estávamos falando deste homem, o Calabrês, e eu estava de costas, inclinado contra o balcão. Então me virei, como se tivessem me chamado, e a vi.

2

Esta noite contemplamos juntos, encostados na janela aberta de minha casa, o brilho dos relâmpagos iluminando os ranchos do povoado. Esperamos juntos os trovões, a rebentação da chuva.

– Você sabe cozinhar?

– Faço alguma coisa, sim. Batatas, peixe...

Debruçado à janela, sozinho, eu passava as noites acariciando a garrafa de gim e esperando que viessem o sono ou os doentes. Meu consultório, com piso de terra e lâmpada à querosene, consistia em uma cama turca e um estetoscópio, um par de seringas, bandagens, agulhas, fio de cerzir e as amostras grátis dos remédios que Carrizo me mandava, de vez em quando, de Buenos Aires. Com isso, mais os dois anos de faculdade, eu dava um jeito de costurar homens e lutar contra as febres. Em minhas noites de tédio, sem querer, desejava alguma desgraça para não me sentir inteiramente inútil.

Rádio eu não escutava, porque ali na costa corria o risco ou a tentação de topar com alguma emissora de meu país.

– Não vi nenhuma mulher neste povoado. Desistiu disso também?

Eu dormia sozinho em minha cama de faquir. Os elásticos do colchão tinham atravessado a malha e as pontas das molas de arame assomavam perigosamente. Tinha que dormir todo encolhido para não me machucar.

– Sim – respondi, me fazendo de engraçadinho. – Para mim acabou a clandestinidade. Já não tenho encontros clandestinos nem com mulheres casadas.

Calamo-nos.

Fumei um cigarro, dois.

Afinal, perguntei a ela para que tinha vindo. Me disse que precisava de um passaporte.

– Ainda os faz?

– Pensando em voltar?

Disse-lhe que, estando as coisas como estavam, isso era pura estupidez. Que não existia o heroísmo inútil. Que...

– Isso é assunto meu – disse-me. – Perguntei se ainda os faz.

– Se for preciso.

– Quanto tempo leva?

– Para os outros – disse-lhe – um dia. Para você, uma semana.

Ela riu.

Nesta noite cozinhei com vontade pela primeira vez. Fiz para Flavia uma corvina na brasa. Ela preparou um molho com o pouco que havia.

Lá fora chovia a cântaros.

3

Tínhamos nos conhecido na época do estado de sítio. Precisávamos caminhar abraçados e nos beijar quando qualquer pessoa de uniforme se aproximava. Os primeiros beijos foram por razões de segurança. Os seguintes, pela vontade que tínhamos um do outro.

Naquele tempo, as ruas da cidade estavam vazias.

Os torturados e os moribundos diziam seus nomes uns aos outros e roçavam-se com as pontas dos dedos.

Flavia e eu nos encontrávamos em lugares diferentes a cada vez, tomados de horror com os minutos de atraso.

Abraçados, escutávamos as sirenes das patrulhas e os sons da passagem da noite ao amanhecer. Não dormíamos nunca. De fora chegavam o canto do galo, a voz do leiteiro, o barulho das latas de lixo, e então tomar o café da manhã juntos era muito importante.

Nunca nos dissemos a palavra *amor*. Isso se insinuava de contrabando quando dizíamos: "Está chovendo", ou quando dizíamos:

"Me sinto bem", mas eu teria sido capaz de romper-lhe a memória a balaços para que ela não lembrasse nada de nenhum outro homem.
– Um dia, talvez – dizíamos –, quando as coisas mudarem.
– Vamos ter uma casa.
– Seria lindo.
Por algumas noites pudemos pensar, aturdidos, que se lutava para isso. Que as pessoas se empenhavam para que isso fosse possível.
Mas era uma trégua. Logo soubemos, ela e eu, que antes disso iríamos nos esquecer ou morrer.

4

O céu amanheceu límpido e azul.
Ao entardecer vimos, ao longe, pontinhos que cresciam, os barcos dos pescadores. Voltavam com os porões repletos de tubarões.
Eu conhecia essa agonia horrível. Os tubarões, estrangulados pelas brânquias, revolviam-se contra as redes e lançavam mordidas cegas antes de caírem empilhados.

5

– Aqui ninguém vai te encontrar. Fica. Até que as coisas mudem.
– As coisas mudam sozinhas?
– O que você vai fazer? A revolução?
– Sou uma formiguinha. As formiguinhas não fazem coisas tão grandiosas como a revolução ou a guerra. Apenas levamos folhinhas ou mensagens. Ajudamos um pouco.
– Folhinhas, pode ser. Algumas plantas sobraram.
– E algumas pessoas.
– Sim. Os velhos, os milicos, os presos e os loucos.
– Não é bem assim.

— Você não quer que seja bem assim.
— Estive muito tempo fora. Longe. E agora... agora estou quase de volta. Pertinho, bem em frente. Quer saber o que sinto? Aquilo que os bebês sentem quando olham para o dedão do pé e descobrem o mundo.
— A realidade não se importa nem um pouquinho com o que você sente.
— E por isso vamos ficar chorando pelos cantos?
— Seis vezes sete dão quarenta e dois, e não noventa e quatro, e já está furiosa: "Quem foi o filho da puta que andou mudando os números?".
— Mas... me conta como é que se derruba uma ditadura? Com flechinhas de papel?
— Não sei como.
— Se derruba daqui? Por controle remoto?
— Ah, sim. A heroína solitária procura a morte. Não, não é machismo pequeno-burguês, é femismo.
— E você? Pior, é egoísmo.
— Ou covardia. Diz logo.
— Não, não.
— Me chama de irresponsável. Me chama de desertor.
— Você não entende, *flaco*.
— Você é que não entende.
— Por que reage assim?
— E você?
— Já sei que não precisa provar nada. Não seja bobo.
— E, no entanto, você me disse que...
— Você também me disse. Vamos começar de novo? Tá. Eu agi mal.
— Me desculpa.
— Seria uma estupidez brigarmos nestes poucos dias em que...
— Sim. Nestes poucos dias.
— *Flaco*.
— O que?
— Sabe de uma coisa, *flaco*? Estamos todos sem pai nem mãe.

— Sim.
— Todos. Sem pai nem mãe.
— Sim. Mas eu gosto de ti.

6

Íamos visitar o Capitão.
Em terra, o Capitão estava sempre como que de passagem. Sua verdadeira residência era o mar, na embarcação *Forajida*, que se perdia longe do horizonte nos dias bons.
Tinha erguido uns toldos entre os carvalhos, para os dias ruins, e ali ficava tomando mate, à sombra, rodeado por seus cães magros e pelas galinhas e porcos criados como Deus manda.
O Capitão tinha músculos até nas sobrancelhas.
Nunca havia escutado uma previsão do tempo nem consultado uma carta de navegação, mas conhecia aquele mar como ninguém.
Às vezes, ao entardecer, eu ia até a praia para vê-lo chegar. Via-o de pé à proa, com as pernas abertas e os braços na cintura, aproximando-se da costa, e adivinhava-lhe a voz dando ordens ao timoneiro. O Capitão vinha chegando, à beira da onda brava; ele a montava quando queria, cavalgava-a, domava-a, fazia-se levar suavemente até a costa.
O Capitão fazia o que sabia, e o fazia bem, e amava o que fazia e o que havia feito. Eu gostava de escutá-lo.
Se o norte foi perdido, pelo sul anda escondido. O Capitão me ensinou a pressentir as mudanças de vento. Também me ensinou por que os tubarões, que não têm marcha a ré nem outro olfato que não seja o do sangue, enredam-se nos tremalhos, e como as corvinas negras comem mexilhões no fundo do mar, de barriga para baixo, cuspindo as cascas, e como as baleias fazem amor nos mares gelados do sul e assomam à superfície com as caudas enroscadas.
Tinha percorrido muito mundo, o Capitão. Escutá-lo era como empreender uma longa viagem ao revés, saindo do destino

ao porto de partida, e pelo caminho aparecia o mistério e a loucura e a alegria do mar e de vez em quando, raramente, também a dor muda. As histórias mais antigas eram as mais divertidas e eu imaginava que, quando jovem, antes das feridas de que pouco falava, o Capitão tinha conseguido ser feliz até mesmo nos velórios.

Enquanto conversávamos, chegavam aos toldos do Capitão o rumor de uma serra infinita e os mugidos das vacas no tambo, e também as marteladas do sapateiro amaciando couros sobre a chapa de ferro que segurava entre os joelhos.

Me falava da minha cidade, que conhecia bem. Ou melhor, conhecia o porto, e a baía, mas sobretudo as ruelas da baixada e os bares. Me perguntava por certos cafés e arcadas e eu lhe dizia que tinham desaparecido e ele se calava e cuspia fumo.

– Não acredito nestes tempos de agora – dizia o Capitão.

Uma vez me disse:

– Quando as paredes duram menos que os homens, as coisas não andam bem. Em teu país as coisas não andam bem.

Também falava do passado daquele povoado de pescadores, que tinha conhecido sua época de glória quando o fígado do tubarão valia seu peso em ouro e os marinheiros passavam as noites de temporal com uma puta francesa em cima de cada perna, mais algum anão abanando e os violeiros cantando coplas de amor.

Desde o início, olhou para Flavia com desconfiança.

Franziu o cenho e lhe falou baixinho, para que eu não ouvisse.

– Quando este homem chegou aqui – mentiu, apontando para mim – ele mesmo matou o cavalo que o trouxe. Matou o bicho com um tiro.

7

Em plena noite fomos despertados pelas batidas e pelos gritos. Por pouco não me derrubam a porta.

Saímos voando, Flavia e eu, até a casa do manco Justino. Levei o que pude.

Anos atrás, um tubarão-tigre havia arrancado o braço de Justino. O tubarão tinha se virado enquanto ele o estava desenredando. Eu conhecia pouco a Justino, mas isso todo mundo sabia.

No rancho, a lâmpada à querosene cambaleava.

A mulher do manco urrava com as pernas abertas. Tinha as coxas inchadas e de cor violeta.

Na pele esticada se via uma selva de pequenas veias.

Pedi a Flavia que fervesse água numa panela. Mandei o manco – que andava muito nervoso e aos tropeços – esperar lá fora.

Um cachorro veio se esconder embaixo da cama e tirei-o de lá aos pontapés.

Me lancei com tudo ao ventre da mulher. Ela urrava como um animal, urrava e xingava, não aguento mais, dói muito, caralho, vou morrer, fervendo de suor, e a cabecinha já aparecia entre as pernas mas não saía, não saía nunca, e eu fazia força com o corpo inteiro e nisso a mulher acertou um golpe numa viga de madeira que quase botou a casa abaixo, e lançou um grito longo e agudo.

Flavia estava a meu lado.

Fiquei paralisado. A bebezinha tinha saído com duas voltas do cordão enroscadas no pescoço. Tinha a cara roxa, era puro inchaço, sem traços definidos, e estava toda oleosa e envolta em merda verde e sangue e trazia a dor no rosto. Não dava para ver sua fisionomia mas sim a dor em seu rosto, e acho que pensei: "Pobrezinha", pensei: "Já, tão cedo".

Eu tremia da cabeça aos pés. Quis segurá-la. As mãos me faltaram. Ela escorregou.

Foi Flavia quem desenroscou o cordão. Atinei, não sei como, a fazer um par de nós bem fortes, com uma cordinha qualquer, e com uma lâmina cortei o cordão de uma vez só.

E esperei.

Flavia a mantinha no ar, agarrada pelos tornozelos.

Dei uma palmadinha em suas costas.

Passavam os segundos.

Nada.

E esperamos.

Acho que o manco estava na porta, de joelhos, rezando. A mulher gemia, se queixava com um fio de voz. Estava longe. Esperávamos, e a menininha de cabeça para baixo, e nada.

Bati em suas costas outra vez.

Aquele cheiro imundo e adocicado estava me deixando enjoado.

Então, de repente, Flavia abraçou a cabeça da criança e a levou à boca e a beijou violentamente. Aspirou e cuspiu e de novo aspirou e cuspiu crostas e muco e baba branca. E por fim a menininha chorou. Tinha nascido. Estava viva.

Flavia a passou para mim e eu a banhei. As pessoas entraram. Flavia e eu saímos.

Estávamos exaustos e atordoados. Fomos nos sentar na areia, junto ao mar, e sem dizer nada nos perguntávamos: "Como foi?", "como foi?".

E confessei:

– Nunca tinha feito isso. Não sabia como era. Para mim foi a primeira vez.

E ela disse:

– Para mim também.

Apoiou a cabeça contra meu peito. Senti a pressão de seus dedos afundando-se em minhas costas. Adivinhei que tinha lágrimas presas entre as pestanas.

Pouco tempo depois, perguntou, ou se perguntou:

– Como será ter um filho? Um filho da gente mesmo.

E disse:

– Eu nunca vou ter.

E depois veio um marinheiro, de parte do manco, perguntar a Flavia qual era o seu nome. Precisavam o nome para o batismo.

– Mariana – disse Flavia.

Me surpreendi. Não disse nada.

O marinheiro nos deixou uma garrafa de grapa. Bebi do bico. Flavia também.

– Sempre quis me chamar assim – ela disse.

E me lembrei que esse era o nome que aparecia no passaporte que eu estava fazendo – lento, lento – para que ela pudesse partir.

8

Submergi as fotos em chá, para envelhecê-las. Apaguei letra por letra com uns ácidos franceses que tinha guardado. Passei fluido para isqueiro sobre a impressão digital e depois uma borracha macia e uma borracha para tinta. Alisei as folhas com ferro morno. O passaporte ficou nu. Eu o fui vestindo, aos poucos. Copiei selos e assinaturas. Depois esfreguei as folhas com as unhas.

9

O fim do ano estava chegando. Flavia estava ali há um mês. A lua nasceu com os cornos virados para cima.

Longe, nem tão longe, alguém praguejava, alguém se quebrava, alguém ficava louco de solidão ou de fome. Bastava apertar um botão: a máquina zumbia, crepitava, abria as mandíbulas de aço. Um homem conseguia ver seu filho preso depois de muito tempo, através de uma grade, e só conseguia reconhecê-lo por causa dos sapatos marrons que lhe tinha dado de presente.

– Diga a esses cães que se calem.

Flavia se sentia culpada de comer comida quente duas vezes por dia e por ter abrigo no inverno, e liberdade, e me disse:

– Diga a esses cães que se calem. Se eles se calarem, eu fico.

10

Dormimos tarde e acordei sozinho.
Me servi de gim. Minhas mãos tremiam.
Apertei o copo. Com força. Quebrei-o. Minha mão sangrou.

11

Mais ou menos um mês depois Carrizo chegou. Custou a me contar. Não quis saber detalhes. Não quis guardar dela a memória de uma morte repugnante. Assim, me neguei a saber se a tinham asfixiado com um saco plástico ou numa piscina de água e merda ou se tinham arrebentado seu fígado aos pontapés.

Pensei no pouco que tinha durado para ela a alegria de se chamar Mariana.

12

Decidi ir embora com Carrizo, ao amanhecer.

O velho Matías, que era um guia, preparou os cavalos para nós. Nos acompanharia.

Me esperaram do outro lado do arroio. Fui me despedir do Capitão.

– Não vai me deixar lhe dar um abraço?

O Capitão estava de costas. Ouviu minhas explicações. Abriu a janela, investigou o céu, farejou a brisa. Era um bom dia para navegar.

Esquentou água para o mate, calmamente. Não dizia nada e continuava de costas para mim. Tossi.

– Anda – me disse, por fim, com a voz rouca. – Anda de uma vez.

– Vamos queimar a sua casa – me disse – e tudo que for seu.

Montei e fiquei esperando, sem me decidir.

Então ele saiu e deu com o rebenque nas ancas do cavalo.

13

Andávamos a trote largo e pensei nesse corpo terno e violento. Vai me perseguir até o final, pensei. Quando abrir a porta vou querer encontrar alguma mensagem dela, e quando me atirar para dormir em algum chão ou cama vou escutar e contar os passos na escada, um por um, ou o ranger do elevador, andar por andar, não por medo dos milicos mas sim pela vontade louca de que esteja viva e volte. Vou confundi-la com outras. Vou procurar seu nome, sua voz, sua cara. Vou sentir seu cheiro em plena rua. Vou me embebedar e não vai me servir de nada, pensei, e soube, a não ser que seja com a saliva ou as lágrimas dessa mulher.

1974, Yoro:
Chuva

No Chile viu muita morte. Seus queridos companheiros caíram fuzilados ou arrebentados a golpes de culatra ou pontapés. Juan Bustos, um dos assessores do presidente Allende, escapou por um fio.

Exilado em Honduras, Juan arrasta seus dias de maneira ruim. Dos que no Chile morreram, quantos morreram no seu lugar? De quem usurpa o ar que está respirando? Está assim há meses, de pena em pena, envergonhado por sobreviver, quando uma tarde as pernas o trazem a um povoado chamado Yoro, no centro e no fundo de Honduras.

Chega a Yoro porque sim, porque não, e em Yoro passa a noite debaixo de um teto qualquer. Muito de manhãzinha se levanta e se põe a andar pelas ruas de terra, sem vontade, pisando tristezas, olhando sem ver.

E de repente, a chuva o golpeia. É uma chuva violenta e Juan protege a cabeça. Mas imediatamente percebe que não é de água ou de granizo esta chuva prodigiosa. Loucas luzes de prata rebotam na terra e saltam pelos ares:

— Chovem peixes! — grita Juan, abanando os peixes vivos que despencam das nuvens e saltam e cintilam ao seu redor para que

Juan nunca mais se atreva a maldizer o milagre de estar vivo e para que nunca mais se esqueça de que teve a sorte de nascer na América.
— É sim — diz-lhe um vizinho, tranquilamente. — Aqui, em Yoro, chovem peixes.

Calella de la Costa, junho de 1977:
Para inventar o mundo cada dia

Conversamos, comemos, fumamos, caminhamos, trabalhamos juntos, maneiras de fazer o amor sem entrar-se, e os corpos vão se chamando enquanto viaja o dia rumo à noite.

Escutamos a passagem do último trem. Badaladas no sino da igreja. É meia-noite.

Nosso trenzinho próprio desliza e voa, anda que te anda pelos ares e pelos mundos, e depois vem a manhã e o aroma anuncia o café saboroso, fumegante, recém-feito. De sua cara sai uma luz limpa e seu corpo cheira a molhadezas.

Começa o dia.

Contamos as horas que nos separam da noite que vem. Então, faremos o amor, o tristecídio.

Calella de la Costa, julho de 1977:
A feira

A ameixa gorda, de puro caldo que te inunda de doçura, deve ser comida, como você me ensinou, com os olhos fechados. A ameixa vermelhona, de polpa apertada e vermelha, deve ser comida sendo olhada.

Você gosta de acariciar o pêssego e despi-lo a faca, e prefere que as maçãs venham opacas para que cada um possa fazê-las brilhar com as mãos.

O limão inspira a você respeito, e as laranjas, riso. Não há nada mais simpático que as montanhas de rabanete e nada mais ridículo que o abacaxi, com sua couraça de guerreiro medieval.

Os tomates e os pimentões parecem nascidos para se exibir de pança para o sol nas cestas, sensuais de brilhos e preguiças, mas na realidade os tomates começam a viver sua vida quando se misturam ao orégano, ao sal e ao azeite, e os pimentões não encontram seu destino até que o calor do forno os deixa em carne viva e nossas bocas os mordem com desejo.

As especiarias formam, na feira, um mundo à parte. São minúsculas e poderosas. Não há carne que não se excite e jorre caldos, carne de vaca ou de peixe, de porco ou de cordeiro, quando penetrada pelas especiarias. Nós temos sempre presentes que se não fosse pelos temperos não teríamos nascido na América, e nos teria faltado magia na mesa e nos sonhos. Ao fim e ao cabo, foram os temperos que empurraram Cristóvão Colombo e Simbad, o Marujo.

    As folhinhas de louro têm uma linda maneira de se quebrarem em sua mão antes de cair suavemente sobre a carne assada ou os raviólis. Você gosta muito do romeiro e da verbena, da noz-moscada, da alfavaca e da canela, mas nunca saberá se é por causa dos aromas, dos sabores ou dos nomes. A salsinha, tempero dos pobres, leva uma vantagem sobre todos os outros: é o único que chega aos pratos verde e vivo e úmido de gotinhas frescas.

O exílio

A ditadura militar me negava passaporte, como a muitos milhares de uruguaios, e eu estava condenado a fazer filas perpétuas no Departamento de Estrangeiros da polícia de Barcelona.
Profissão? *Escritor*, escrevi, *de formulários*.
Certo dia eu não aguentava mais. Estava farto de filas de horas na rua, e farto dos burocratas cujas caras não conseguia nem mesmo ver:
– Estes formulários estão errados.
– Mas me deram aqui.
– Quando?
– Semana passada.
– É que agora temos formulários novos.
– Pode me dar esses formulários novos?
– Não tenho.
– E onde é que tem?
– Não sei. O próximo.
E depois faltavam as estampilhas, e nenhuma papelaria vendia essas estampilhas que faltavam, e eu tinha levado duas fotos e eram três, e as máquinas de fotografia instantâneas não funcionavam sem moedas de vinte e cinco e naquele dia não se conseguia nenhuma moeda de vinte e cinco pesetas em toda Barcelona.

Anoitecia quando finalmente subi no trem, para voltar à minha casa em Calella de la Costa. Eu estava arrebentado. Mal me sentei, e dormi.

Fui acordado por uma batidinha no ombro. Abri os olhos e vi um tipo esfarrapado, vestido com um pijama rasgado:

– Passaporte!...

O louco tinha cortado em pedaços uma folha imunda de jornal, e ia distribuindo os pedacinhos, de vagão em vagão, entre os passageiros do trem:

– Passaporte! Passaporte!

Ressurreições

Infarto agudo de miocárdio, garra da morte no centro do peito. Passei duas semanas mergulhado em uma cama de hospital, em Barcelona. Então sacrifiquei minha desmantelada agenda Porky 2, pois a coitada não aguentava mais, e a mudança de caderneta de endereços transformou-se numa visita aos anos transcorridos desde o sacrifício da Porky 1. Enquanto passava a limpo nomes e endereços e telefones para a agenda nova, eu ia passando a limpo também o entrevero dos tempos e das gentes que acabava de viver, um turbilhão de alegrias e feridas, todas muito, sempre muito, e esse foi um longo duelo entre os mortos que mortos ficaram na zona morta do meu coração, e uma enorme, muito mais enorme celebração dos vivos que acendiam meu sangue e aumentavam meu coração sobrevivido. E não tinha nada de mais, nada de mal, que meu coração tivesse se quebrado, de tão usado.

O regresso

Em meados de 1984, viajei para o Rio da Prata.
Fazia onze anos que não via Montevidéu; fazia oito que não via Buenos Aires. Tinha ido embora de Montevidéu porque não gostava de ser preso; e de Buenos Aires, porque não gosto de ser morto. Mas em 1984, a ditadura militar tinha acabado, deixando atrás um rastro de sangue e lodo que ninguém apagaria, e a ditadura militar uruguaia estava acabando.
Eu acabava de chegar a Buenos Aires. Não tinha avisado os amigos. Queria que os encontros acontecessem por acaso.
Um jornalista da televisão holandesa, que me acompanhava na viagem, estava me entrevistando na frente da porta que tinha sido da minha casa. O jornalista me perguntou o que tinha sido feito de um quadro que eu tinha em casa, a pintura de um porto para chegar e não para partir, um porto que dizia alô e não adeus, e eu comecei a responder com o olhar pregado no olho vermelho da câmera. Disse que não sabia onde esse quadro tinha ido parar, nem onde tinha ido parar o seu autor, Emilio Casablanca: o quadro e Emilio tinham-se perdido na névoa, como tantas outras pessoas e coisas engolidas por aqueles anos de terror e distância.
Enquanto eu falava, percebi que uma sombra vinha caminhando por trás da câmera e tinha ficado de lado, esperando. Quando terminei e o olho vermelho da câmera se apagou, movi a

cabeça e vi: naquela cidade de treze milhões de habitantes, Emilio tinha chegado naquela esquina, por acaso, ou como quer que se chame isso, e estava naquele exato lugar no exato instante. Nos abraçamos dançando, e depois de muito abraço Emilio me contou que há duas semanas sonhava que eu voltava, noite após noite, e agora não podia acreditar.

    E não acreditou. Naquela mesma noite telefonou para o meu hotel e perguntou se eu não era sonho ou bebedeira.

Os adeuses

Estávamos há nove anos no litoral da Catalunha e estávamos indo embora, faltavam três ou quatro dias para o fim do exílio, quando a praia amanheceu toda coberta de neve. O sol acendia a neve e erguia, na beira do mar, um grande fogo branco que fazia os olhos chorar.

Era muito raro que nevasse na praia. Eu nunca tinha visto, e só os velhos da aldeia recordavam algo parecido, em tempos remotos.

O mar parecia muito contente, lambendo aquele enorme sorvete, e essa alegria do mar e essa brancura radiante foram minhas últimas imagens de Calella de la Costa.

Eu quis responder a despedida tão bela, mas não me ocorreu nada. Nada a fazer, nada a dizer. Nunca fui bom para essa questão dos adeuses.

Revelações

O telefone tocou.
O sotaque era inconfundível, mas não reconheci a voz.
Muito tempo sem notícias. Eu não sabia nada daquele amigo que tinha ficado em Montevidéu quando fui para o exílio.
– Vem pra cá – disse a ele, e dei os horários do trem que percorria a costa catalã até Calella de la Costa.
Caminhando até a estação, fui recordando algumas das nossas andanças.
Meu amigo não tinha mudado muito. O riso, franco, era o que era, e ele também.
Passeamos por algumas ruas do povoado.
Ele não disse nada, até que, entre dentes, comentou:
– Que feio!
E em silêncio continuamos caminhando.
Foi a primeira vez que ouvi alguém dizer aquilo. E talvez tenha sido também a primeira vez que percebi que era verdade.
E doeu. Doeu em mim.
E porque doeu em mim, entendi que eu gostava do lugar onde vivia.

Primeira luz

A arte para as crianças

Ela estava sentada numa cadeira alta, na frente de um prato de sopa que chegava à altura de seus olhos. Tinha o nariz enrugado e os dentes apertados e os braços cruzados. A mãe pediu ajuda:
– Conta uma história para ela, Onélio – pediu. – Conta, você que é escritor...
E Onélio Jorge Cardoso, esgrimindo a colher de sopa, fez seu conto:
– Era uma vez um passarinho que não queria comer a comidinha. O passarinho tinha o biquinho fechadinho, fechadinho, e a mamãezinha dizia: "Você vai ficar anãozinho, passarinho, se não comer a comidinha". Mas o passarinho não ouvia a mamãezinha e não abria o biquinho...
E então a menina interrompeu:
– Que passarinho de merdinha – opinou.

Celebração da fantasia

Foi na entrada da aldeia de Ollantaytambo, perto de Cuzco. Eu tinha me soltado de um grupo de turistas e estava sozinho, olhando de longe as ruínas de pedra, quando um menino do lugar, esquelético, esfarrapado, chegou perto para me pedir que desse a ele de presente uma caneta. Eu não podia dar a caneta que tinha, porque estava usando-a para fazer sei lá que anotações, mas me ofereci para desenhar um porquinho em sua mão.

Subitamente, correu a notícia. E de repente me vi cercado por um enxame de meninos que exigiam, aos berros, que eu desenhasse em suas mãozinhas rachadas de sujeira e frio, peles de couro queimado: havia os que queriam um condor e uma serpente, outros preferiam periquitos ou corujas, e não faltava quem pedisse um fantasma ou um dragão.

E então, no meio daquele alvoroço, um desamparadozinho que não chegava a mais de um metro do chão mostrou-me um relógio desenhado com tinta negra em seu pulso:

– Quem mandou o relógio foi um tio meu, que mora em Lima – disse.

– E funciona direito? – perguntei.

– Atrasa um pouco – reconheceu.

O pequeno rei vira-lata

Todas as tardes, lá estava ele. Longe dos outros, o garoto se sentava na sombra do arvoredo, com as costas contra o tronco de uma árvore e a cabeça inclinada. Os dedos de sua mão direita dançavam debaixo de seu queixo, dançavam sem parar como se ele estivesse coçando o peito com uma incontida alegria, e ao mesmo tempo sua mão esquerda, suspensa no ar, se abria e fechava em pulsações rápidas. Os outros tinham aceitado, sem perguntas, o hábito.

O cão se sentava, sobre as patas de trás, ao seu lado. E ali ficavam até a chegada da noite. O cão paralisava as orelhas e o garoto, com a testa franzida atrás da cortina de cabelos sem cor, dava liberdade aos seus dedos para que se movessem no ar. Os dedos estavam livres e vivos, vibrando na altura de seu peito, e das pontas dos dedos nasciam o rumor do vento entre os galhos dos eucaliptos e o repicar da chuva nos telhados, nasciam as vozes das lavadeiras no rio e o bater das asas dos passarinhos que voavam, ao meio-dia, com os bicos abertos pela sede. Às vezes, dos dedos brotava, de puro entusiasmo, um galope de cavalos; os cavalos vinham galopando pela terra, o ruído dos cascos sobre as colinas, e os dedos se enlouqueciam na celebração. O ar cheirava a miosótis e ervilha-de-cheiro.

Um dia, os outros deram-lhe de presente um violão. O garoto acariciou a madeira da caixa, lustrosa e boa de se tocar, e as seis cordas ao longo do diapasão. E ele pensou: "Que sorte". Pensou: "Agora, tenho dois".

Os filhos

Há onze anos, em Montevidéu, eu estava esperando Florência na porta de casa. Ela era muito pequena: caminhava como um ursinho. Eu a encontrava pouco. Ficava no jornal até qualquer hora e pelas manhãs trabalhava na universidade. Pouco sabia da vida dela. Beijava-a adormecida; às vezes levava chocolate ou brinquedos para ela.

A mãe não estava, aquela tarde, e eu esperava na porta o ônibus que trazia Florência do jardim de infância.

Chegou muito triste. No elevador fez beicinho. Depois deixou que o leite esfriasse na xícara. Olhava o chão.

Sentei-a em meus joelhos e pedi que me contasse. Ela negou com a cabeça. Acariciei-a, beijei sua testa. Deixou escapar uma lágrima. Com o lenço sequei sua cara e assoei seu nariz. Então, pedi outra vez:

– Vamos, conta.

Contou-me que sua melhor amiga tinha dito que não gostava dela.

Choramos juntos, não sei quanto tempo, abraçados os dois, ali na cadeira.

Eu sentia as mágoas que Florência ia sofrer pelos anos afora e quisera que Deus existisse e não fosse surdo, para poder rogar que me desse toda a dor que tinha reservado para ela.

Noel

A chuva tinha nos surpreendido na metade do caminho; tinha se descarregado, raivosa, durante dois dias e duas noites.

Fazia já algumas horas que o sol tinha voltado, e as crianças andavam ao pé do morro buscando o jacaré caído do céu. O sol atacava as lamas das roças e a mata próxima, arrancando nuvens de vapor e aromas vegetais limpos e embriagadores.

Nós estávamos esperando que um ruído de motores anunciasse a continuação da viagem, e deixávamos passar o tempo, entre bocejos, sentados de costas contra a frente de madeira do armazém ou deitados sobre sacos de açúcar ou de milho moído.

Dos braços de uma mulher, ao meu lado, brotava, contínuo, um gemido débil. Envolvido em trapos, Noel gemia. Tinha febre; um mal tinha entrado pela orelha e tomado a cabeça.

Para lá dos campos amarelos de soja, se estendia um vasto espaço de cinzas e tocos de árvores cortadas e carbonizadas. Logo tornariam a se erguer, por trás desses desertos, as espessas colunas de fumaça das fogueiras que abriam caminho em direção ao fundo da mata invicta, onde floresciam, porque era época, as campainhas avermelhadas dos *lapachos*. Esperando, esperando, adormeci.

Me despertou, muito depois, a agitação das pessoas que gritavam e erguiam pacotes, sacos e panelas. O caminhão, vermelho de barro seco, tinha chegado. Eu estava estendendo os braços quando escutei, ao meu lado, a voz da mulher:

– Me ajude a subir.

Olhei para ela, olhei para o menino.

– Noel não se queixa mais – disse.

Ela inclinou a cabeça suavemente e depois continuou com a vista sem expressão, cravada nos altos arvoredos onde se rompiam as últimas luzes da tarde.

Noel tinha a pele transparente, cor de sebo de vela; a mãe já tinha fechado seus olhos. De repente, senti que minhas tripas se retorciam e senti a necessidade cega de dar uma porrada na cara de Deus ou de alguém.

– Culpa da chuva – murmurou ela. – A chuva, que fecha os caminhos.

Mais que a tristeza, era o medo que apagava sua voz. Qualquer motorista sabe que dá azar atravessar a selva com um morto.

Subimos na carroceria. Os contrabandistas, os peões do mato, os camponeses celebravam com cachaça a aparição do caminhão. Alguns cantavam. O caminhão partiu e todos ficaram em silêncio depois dos primeiros trancos.

– E agora, por que você continua?

Foi a primeira vez que olhou para mim. Parecia assombrada.

– Aonde?

– Isso leva a gente para Corpus Christi.

– Para lá é que eu vou. Vou até Corpus rezar para que chegue o padre. O padre tem que fazer o batismo. Noel não está batizado, e eu vou esperar até que chegue o padre com as águas sagradas.

A viagem se fez longa. Íamos aos trancos pela picada aberta na selva. Já era noite fechada e por aquela comarca também vagavam, disfarçadas em bichos espantosos, as almas penadas.

O céu e o inferno

Cheguei a Bluefields, no litoral da Nicarágua, no dia seguinte a um ataque dos contras. Havia muitos mortos e feridos. Eu estava no hospital quando um dos sobreviventes do tiroteio, um garoto, despertou da anestesia: despertou sem braços, olhou o médico e pediu:
– Me mate.
Fiquei com um nó no estômago.
Naquela noite, noite atroz, o ar fervia de calor. Eu me estendi num terraço, sozinho, olhando o céu. Não longe dali, a música soava forte. Apesar da guerra, apesar de tudo, a cidade de Bluefields estava celebrando a festa tradicional do Palo de Mayo. A multidão dançava, jubilosa, ao redor da árvore cerimonial. Mas eu, estendido no terraço, não queria escutar a música nem queria escutar nada, e estava tentando não sentir, não recordar, não pensar: em nada, em nada de nada. E estava naquilo, espantando sons e tristezas e mosquitos, com os olhos pregados na noite alta, quando um menino de Bluefields, que eu não conhecia, estendeu-se ao meu lado e começou a olhar o céu, como eu, em silêncio.

Então, passou uma estrela cadente. Eu podia ter pedido um desejo, mas não lembrei.

O menino me explicou:
– Você sabe por que as estrelas caem? A culpa é de Deus. Deus gruda elas mal. Ele gruda as estrelas com cola de arroz.
Amanheci dançando.

1976, cárcere de liberdade: Pássaros proibidos

Os presos políticos uruguaios não podem falar sem licença, assoviar, sorrir, cantar, caminhar rápido nem cumprimentar outro preso.

Tampouco podem desenhar nem receber desenhos de mulheres grávidas, casais, borboletas, estrelas ou pássaros.

Didaskó Pérez, professor, torturado e preso *por ter ideias ideológicas,* recebe num domingo a visita de sua filha Milay, de cinco anos. A filha traz para ele um desenho de pássaros. Os censores o rasgam na entrada da cadeia.

No domingo seguinte, Milay traz para o pai um desenho de árvores. As árvores não estão proibidas, e o desenho passa. Didaskó elogia a obra e pergunta à filha o que são os pequenos círculos coloridos que aparecem nas copas das árvores, muitos pequenos círculos entre a ramagem:

– São laranjas? Que frutas são?

A menina o faz calar:

– Shhhh.

E em tom de segredo explica:

– Bobo. Não está vendo que são olhos? Os olhos dos pássaros que eu trouxe escondidos para você.

O monstro meu amigo

No começo eu não gostava dele, porque achava que ele ia me comer um pé.

Os monstros são agarradores de mulheres, levam uma mulher em cada ombro, e quando são monstros velhinhos ficam cansados e jogam uma das mulheres na beira do caminho. Mas este de quem eu falo, o meu amigo, é um monstro especial. Mas nós nos entendemos bem, apesar do coitado não saber falar e de todos sentirem medo dele. Este monstro meu amigo é tão, mas tão grande, que os gigantes não chegam nem no seu tornozelo, e ele jamais agarra mulheres nem nada.

Ele vive na África. No céu não vive, porque, se estivesse no céu igual que Deus, cairia. É grande demais para poder viver por aí pelo céu. Existem outros monstros menores que ele, e então vivem no infinito, perto de onde fica Plutão, ou mais longe ainda, lá no infinito ou no piranfinito. Mas este monstro meu amigo não tem nenhum outro remédio a não ser viver na África.

Volta e meia ele me visita. Ninguém pode vê-lo, mas ele pode ver todo mundo. Às vezes é um canguruzinho que pula na minha barriga quando dou risada, ou é o espelho que me devolve a cara quando parece que estava perdida, ou é uma serpente disfarçada em minhoca e que monta guarda na minha porta para que ninguém venha me levar.

Agora, hoje ou amanhã, o monstro meu amigo vai aparecer caminhando pelo mar, transformado num guerreiro que mais imenso não poderia ser, jorrando fogo pela boca. Vai dar um soprão e arrebentar a cadeia onde meu papai está preso, e vai trazê-lo para mim na unha do dedo minguinho, e vai enfiá-lo pela janela em meu quarto. Eu vou dizer "olá", ele vai voltar para a África, devagarinho, pelo mar.

Então papai, meu papai, vai sair e comprar balas e caramelos para mim e uma garotinha e vai conseguir um cavalo de verdade e vamos sair galopando pela terra, eu agarrado na cauda do cavalo, a galope, para longe, e depois, quando papai ficar pequeno, eu vou contar as histórias desse monstro meu amigo que veio da África, para que meu papai durma quando a noite chegar.

O parto

Três dias de parto e o filho não saía:
– Tá preso. O negrinho tá preso – disse o homem.
Ele vinha de um rancho perdido nos campos.
E o médico foi até lá.
Maleta na mão, debaixo do sol do meio-dia, o médico andou até aquela longidão, aquela solidão, onde tudo parece coisa do destino feroz; e chegou e viu.
Depois, contou para Glória Galván:
– A mulher estava nas últimas, mas ainda arfava e suava e estava com os olhos muito abertos. Eu não tinha experiência nessas coisas. Eu tremia, estava sem nenhuma ideia. E nisso, quando levantei a coberta, vi um braço pequeninho aparecendo entre as pernas abertas da mulher.
O médico percebeu que o homem tinha estado puxando. O bracinho estava esfolado e sem vida, um penduricalho sujo de sangue seco, e o médico pensou: Não se pode fazer mais nada.
E mesmo assim, sabe-se lá por quê, acariciou o bracinho. Roçou com o dedo aquela coisa inerte e ao chegar à mãozinha, de repente a mãozinha se fechou e apertou seu dedo com força.
Então o médico pediu que alguém fervesse água, e arregaçou as mangas da camisa.

1983, Lima:
Tamara voa duas vezes

Tamara Arze, que desapareceu com um ano e meio de idade, não foi parar em mãos militares. Está numa aldeia suburbana, na casa da boa gente que a recolheu quando foi jogada por aí. A pedido da mãe, as avós empreendem a busca. Contavam com poucas pistas. Após um longo e complicado rastrear, a encontraram. Cada manhã, Tamara vende querosene num carro puxado por um cavalo, mas não se queixa da sorte; e a princípio não quer nem ouvir falar de sua mãe verdadeira. Muito aos pouquinhos as avós vão lhe explicando que ela é filha de Rosa, uma operária boliviana que jamais a abandonou. Que uma noite sua mãe foi capturada na saída da fábrica, em Buenos Aires...

Rosa foi torturada, sob o controle de um médico que mandava parar, e violentada, e fuzilada com balas de festim. Passou oito anos presa, sem processo nem explicações, até que no ano passado a expulsaram da Argentina. Agora, no aeroporto de Lima, espera. Por cima dos Andes, sua filha Tamara vem voando rumo a ela.

Tamara viaja acompanhada por duas das avós que a encontraram. Devora tudo que servem no avião, sem deixar nem uma migalha de pão ou um grão de açúcar.

Em Lima, Rosa e Tamara se descobrem. Olham-se no espelho, juntas, e são idênticas: os mesmos olhos, a mesma boca, as mesmas pintas nos mesmos lugares.

Quando chega a noite, Rosa banha a filha. Ao deitá-la, sente um cheiro leitoso, adocicado; e torna a banhá-la. E outra vez. E por mais que esfregue o sabonete, não há maneira de tirar-lhe esse cheiro. É um cheiro raro... e de repente, Rosa recorda. Este é o cheiro dos bebês quando acabam de mamar: Tamara tem dez anos e nesta noite tem cheiro de recém-nascida.

O conselho

Faz algum tempo, estive numa escola de Salta, no norte argentino, lendo contos para as crianças.

No final, a professora pediu que os alunos me escrevessem cartas, comentando a leitura.

Uma das cartas me aconselhava:

Continue escrevendo, que você vai melhorar.

Abril, 21:
O indignado

Aconteceu na Espanha, num povoado de La Rioja, no anoitecer de hoje do ano de 2011, durante a procissão da Semana Santa.

Uma multidão acompanhava, calada, o passar de Jesus Cristo e dos soldados romanos que despejavam chicotadas em cima dele.

E uma voz rompeu o silêncio.

Montado nos ombros de seu pai, Marcos Rabasco gritou para o açoitado:

– Se defenda! Se defenda!

Marcos tinha dois anos, quatro meses e vinte e um dias de idade.

Anjinho de Deus

Eu também fui menino, um "anjinho de Deus".

Na escola, a professora nos ensinou que Balboa, o conquistador espanhol, tinha visto, do alto de um morro muito alto no Panamá, de um lado o Oceano Pacífico, e do outro, o Oceano Atlântico. Ele tinha sido, disse a professora, o primeiro homem que havia visto esses dois mares ao mesmo tempo.

Eu levantei a mão:

– Professora, professora...

E perguntei:

– Os índios eram cegos?

Foi a primeira expulsão na minha vida.

Sinais do tempo

O vento na cara do peregrino

Edda Armas me falou, em Caracas, do bisavô. Era pouco o que ela sabia, porque a estória começava quando ele andava pelos setenta anos e vivia em uma aldeia nos confins da comarca de Clarines. Além de velho, pobre e mambembe, o bisavô era cego. E se casou, não se sabe como, com uma menina de dezesseis.
Volta e meia, escapava. Ela, não: ele. Escapava e ia para a estrada. Agachava entre as árvores e esperava um ruído de cascos ou de rodas. E então saía do mato e pedia que o levassem a qualquer lugar.
Assim o imaginava, agora, a bisneta: no lombo de uma mula, morrendo de rir pelos caminhos, ou sentado atrás de uma carroça, envolvido por nuvens de pó e agitando, feliz, suas pernas de passarinho.

Essa velha é um país

1

A última vez que a Avó viajou para Buenos Aires chegou sem nenhum dente, como um recém-nascido. Eu fiz que não percebi. Graciela tinha me advertido, por telefone, de Montevidéu: "Está muito preocupada. Me perguntou: Eduardo não vai me achar feia?".

A Avó parecia um passarinho. Os anos iam passando e faziam com que ela encolhesse.

Saímos do porto abraçados.

Propus um táxi.

– Não, não – disse a ela. – Não é porque ache que você vá ficar cansada. Eu sei que você aguenta. É que o hotel fica muito longe, entende?

Mas ela queria caminhar.

– Escuta, Avó – falei. – Por aqui não vale a pena. A paisagem é feia. Esta é uma parte feia de Buenos Aires. Depois, quando você tiver descansado, vamos juntos caminhar pelos parques.

Parou, me olhou de cima a baixo. Me insultou. E me perguntou, furiosa:

– E você acha que eu olho a paisagem, quando caminho com você?

Se pendurou em mim.

— Eu me sinto crescida — disse — debaixo da tua asa.
Me perguntou: "Você lembra quando me levava no colo, no hospital, depois da operação?".
Falou-me do Uruguai, do silêncio e do medo:
— Está tudo tão sujo. Está tão sujo tudo.
Falou-me da morte:
— Vou me reencarnar num carrapicho. Ou em um neto ou bisneto seu vou aparecer.
— Mas, ô, velha — falei. — Se a senhora vai viver duzentos anos. Não me fale da morte, que a senhora ainda vai durar muito.
— Não seja perverso — respondeu.
Disse que estava cansada de seu corpo.
— Volta e meia eu falo para ele, para meu corpo: "Não te suporto". E ele responde: "Eu tampouco".
— Olha — disse ela, e esticou a pele do braço.
Falou da viagem:
— Lembra quando a febre estava te matando, na Venezuela, e eu passei a noite chorando, em Montevidéu, sem saber por quê? Na semana passada, disse para Emma: "Eduardo não está tranquilo". E vim. E agora também acho que você não está tranquilo.

2

A Avó ficou uns dias e voltou para Montevidéu.
Depois escrevi uma carta para ela. Escrevi que não se cuidasse, que não se chateasse, que não se cansasse. Disse que eu sei direitinho de onde veio o barro com que me fizeram.
E depois me avisaram que tinha sofrido um acidente.
Telefonei para ela.
— Foi minha culpa — falou. — Escapei e fui caminhando até a universidade, pelo mesmo caminho que fazia antes para ver você. Lembra? Eu já sei que não posso fazer isso. Cada vez que faço, caio. Cheguei ao pé da escada e disse, em voz alta: "Aroma do Tempo", que era o nome do perfume que você uma vez me deu de presente.

E caí. Me levantaram e me trouxeram aqui. Acharam que eu tinha quebrado algum osso. Mas hoje, nem bem me deixaram sozinha, me levantei da cama e fugi. Saí na rua e disse: "Eu estou bem viva e louca, como ele quer".

Outra avó

A avó de Bertha Jensen morreu amaldiçoando.
Ela tinha vivido a vida inteira na ponta dos pés, como se pedisse perdão por incomodar, consagrada ao serviço do marido e à sua prole de cinco filhos, esposa exemplar, mãe abnegada, silencioso exemplo de virtude: jamais uma queixa saíra de seus lábios, e muito menos um palavrão.
Quando a doença a derrubou, chamou o marido, sentou-o na frente da cama e começou. Ninguém suspeitava que ela conhecesse aquele vocabulário de marinheiro bêbado. A agonia foi longa. Durante mais de um mês, a avó, da cama, vomitou um incessante jorro de insultos e blasfêmias baixíssimas. Até a sua voz mudou. Ela, que nunca tinha fumado nem bebido outra coisa além de água ou leite, xingava com vozinha rouca. E assim, xingando, morreu; e foi um alívio geral na família e na vizinhança.
Morreu onde havia nascido, na aldeia de Dragor, na frente do mar, na Dinamarca. Chamava-se Inge. Tinha uma linda cara de cigana. Gostava de vestir-se de vermelho e de navegar ao sol.

O avô

Um homem chamado Amando, nascido numa aldeia que se chama Salitre, no litoral do Equador, me deu de presente a história de seu avô.

Os tataranetos se revezavam no plantão. Na porta, tinham posto corrente e cadeado. Dom Segundo Hidalgo dizia que por isso padecia os ataques:

— Tenho reumatismo de gato castrado — queixava-se.

Aos cem anos completos, Dom Segundo aproveitava qualquer descuido, montava em pelo e escapava para buscar namoradas por aí. Ninguém entendia tanto de mulheres e de cavalos. Ele tinha povoado esta aldeia de Salitre, e a comarca, e a região, desde que foi pai pela primeira vez, aos treze anos.

O avô confessava trezentas mulheres, embora todo mundo soubesse que eram mais de quatrocentas. Mas uma, uma que se chamava Blanquita, tinha sido a mais mulher de todas. Fazia trinta anos que Blanquita tinha morrido, e ele ainda a convocava na hora do crepúsculo. Amando, o neto, o que me deu esta história de presente, escondia-se e espiava a cerimônia secreta. Na varanda, iluminado pela última luz, o avô abria uma caixinha de pó de arroz de outros tempos, uma caixa redonda, daquelas com anjinhos rosados na tampa, e levava o algodão ao nariz:

— Acho que te conheço — murmurava, aspirando o leve perfume daquele pó de arroz. — Acho que te conheço.

E balançava-se muito suavemente, murmurando na cadeira de balanço.

No pôr do sol de cada dia, o avô prestava sua homenagem à mais amada. E uma vez por semana, a traía. Era infiel com uma gorda que cozinhava receitas complicadíssimas na televisão. O avô, dono do primeiro e único televisor na aldeia de Salitre, não perdia nunca esse programa. Tomava banho e fazia a barba e vestia-se de branco, vestia-se como para uma festa, o melhor chapéu, as botinas de verniz, o colete de botões dourados, a gravata de seda, e sentava-se grudado na tela. Enquanto a gorda batia seus cremes e erguia a colher, explicando os segredos de algum sabor único, exclusivo, incomparável, o avô piscava o olho e atirava beijos furtivos. A caderneta de poupança aparecia no bolso do paletó. O avô punha a caderneta assim, insinuada, como que por distração, para que a gorda visse que ele não era um pé-rapado qualquer.

Paisagem tropical

Pelas águas do Amazonas o barco avança lentamente, numa viagem de nunca acabar entre Belém e Manaus. Quase nunca aparece uma choupana, na selva mascarada pelo emaranhado de cipós, e de vez em quando alguma criança nua saúda os navegantes com a mão. Na coberta repleta, alguém lê a Bíblia em voz alta, sonoros louvores a Deus, mas tem gente que prefere rir e cantar enquanto garrafas e cigarros passam de boca em boca. Uma cobra domesticada se enrosca nas cordas, roçando as peles de suas falecidas colegas que secam ao ar. O dono da cobra, sentado no chão, desafia os demais passageiros a um duelo de baralho.

Um jornalista suíço viaja neste barco. Está há horas observando um velho pobretão e ossudo, que passa o tempo inteiro abraçado a uma caixa de papelão, que não solta nem para dormir. Picado pela curiosidade, o suíço oferece cigarros, biscoitos e conversa, mas o velho é um homem sem vício, de pouco comer e nenhuma prosa.

Na metade do caminho, na metade da selva, o velho desembarca. O suíço o ajuda a descer a grande caixa de papelão e então, entreabrindo a tampa, espia: dentro da caixa, embrulhada em papel celofane, há uma palmeira de plástico.

1853, La Cruz:
O tesouro dos jesuítas

Ela sabe. Por isso o corvo a persegue, voa atrás dela cada manhã, a caminho da missa, e fica esperando por ela na porta da igreja.

Faz pouco, fez cem anos. Dirá o segredo quando estiver para morrer. Senão, será castigada pela Divina Providência.

– Daqui a três dias – promete.

E aos três dias:

– O mês que vem.

E no mês:

– Amanhã veremos.

Quando a acossam, põe olhos de galinha e banca a atordoada, ou dispara a rir movendo as perninhas, como se ter tanta idade fosse uma malandragem.

Todo o povoado de La Cruz sabe que ela sabe. Era muito menina quando ajudou os jesuítas a enterrar o tesouro nos bosques de Missiones, mas não se esqueceu.

Uma vez, aproveitando uma ausência, os vizinhos abriram o velho baú onde ela passa os dias sentada. Dentro não havia um saco cheio de onças de ouro. No baú encontraram os umbigos secos de seus onze filhos.

E chega a agonia. Todo o povo ao pé do leito. Ela abre e fecha sua boca de peixe, como querendo dizer.

Morre envolta em ares de santidade. O segredo era tudo o que teve na vida, e vai-se embora sem dá-lo a ninguém.

1961, Havana:
Maria de la Cruz

Pouco depois da invasão, o povo reúne-se na praça. Fidel anuncia que os prisioneiros serão trocados por remédios para crianças. Depois entrega diplomas a quarenta mil camponeses alfabetizados. Uma velha insiste em subir na tribuna, e tanto insiste que enfim sobe. Em vão move as mãos no ar, buscando o altíssimo microfone, até que Fidel o abaixa:
 – Eu queria conhecê-lo, Fidel. Queria dizer-lhe...
 – Cuidado, vou ficar vermelho...
Mas a velha, mil rugas, meia dúzia de ossinhos, criva-o de elogios e gratidões. Ela aprendeu a ler e a escrever aos cento e seis anos de idade. Chama-se Maria de la Cruz, por ter nascido no mesmo dia da invenção da Santa Cruz, com o sobrenome Semanat, porque Semanat se chamava a plantação de cana onde ela nasceu escrava, filha de escravos, neta de escravos. Naquele tempo os amos mandavam ao cepo os negros que queriam letras, explica Maria de la Cruz, porque os negros eram máquinas que funcionavam ao toque do sino e ao ritmo dos açoites, e por isso ela tinha demorado tanto em aprender.
Maria de la Cruz apodera-se da tribuna. Depois de falar, canta. Depois de cantar, dança. Faz mais de um século que desan-

dou a dançar Maria de la Cruz. Dançando saiu do ventre da mãe e dançando atravessou a dor e o horror até chegar aqui, que era onde devia chegar, portanto agora não há quem a detenha.

Os ninguéns

Os ninguéns

As pulgas sonham com comprar um cão, e os ninguéns com deixar a pobreza, que em algum dia mágico a sorte chova de repente, que chova a boa sorte a cântaros; mas a boa sorte não chove ontem, nem hoje, nem amanhã, nem nunca, nem uma chuvinha cai do céu da boa sorte, por mais que os ninguéns a chamem e mesmo que a mão esquerda coce, ou se levantem com o pé direito, ou comecem o ano mudando de vassoura.

Os ninguéns: os filhos de ninguém, os donos de nada.

Os ninguéns: os nenhuns, correndo soltos, morrendo a vida, fodidos e malpagos:

Que não são, embora sejam.

Que não falam idiomas, falam dialetos.

Que não praticam religiões, praticam superstições.

Que não fazem arte, fazem artesanato.

Que não são seres humanos, são recursos humanos.

Que não têm cultura, e sim folclore.

Que não têm cara, têm braços.

Que não têm nome, têm número.

Que não aparecem na história universal, aparecem nas páginas policiais da imprensa local.

Os ninguéns, que custam menos do que a bala que os mata.

Andares de Ganapán

Lembra da primeira vez que nos falamos? Eu era muito pequeno, recém começava esta vida sem abraços. Lembra? Foi a primeira e a última vez, porque os anos se passaram e a senhora nunca mais se ocupou de mim. Razões não lhe faltam, já sei. Eu nunca acendi uma vela para a senhora e nunca pus uma moeda nos cofres das igrejas. Me esqueci faz tempo das rezas suas que eu conhecia, por falta de uso. É que eu gosto da senhora, Maria, mas do meu jeito.

Lembra? Eu era pequeno. Tinham me enfiado debaixo do chuveiro frio, por causa de alguma diabrura que eu tinha aprontado, e veio a irmã Pastora e me aplicou o castigo. A Pastora me bateu com uma vara de vime nas costas, me bateu com tudo, com alma e vida, e eu não chorava pra não dar a ela o gostinho, e quanto mais eu aguentava mais forte a irmã Pastora me batia com a vara. Depois me levaram, nu, para o meio do pátio. Me obrigaram a me ajoelhar e me fizeram ficar o dia inteiro assim, com as mãos na nuca, obrigado a olhar para o chão. Não podia me mexer. Se me mexia, me batiam com a vara. Eu estava contando formigas e vi desfilar a fileira de sapatos dos outros garotos do albergue e eles passavam a meu lado sem falar. Fiquei sozinho. Estava tremendo de frio, eu, com os braços dormentes e os joelhos arrebentados por causa do pedregulho e com as costas em carne viva. Estava todo cheio de dor. E foi aí que fechei os olhos e os apertei para que ficassem bem lá dentro e vi pontinhos coloridos e com toda a força da alma pedi ajuda à senhora, Mãe de Deus, Mãe de Mártires, ponchinho dos pobres. E a senhora me ajudou. Eu lhe pedi um milagre e a senhora fez um. Fez com que nesse momento terminasse a guerra mundial. Lembra? Dois de maio, não?, de 45. Acabou-se a guerra mundial e tocaram as sirenes e no meio do alvoroço nós derrubamos as portas e escapamos, todos. Eu me juntei ao Sussurro, que tinha vomitado a hóstia na missa e tinha escapado antes. Quando vinha a noite, íamos dormir nos depósitos do jornal. Durante o dia andávamos vagando, vagabundeando, pelo mercado velho.

E eu caminhei, desde aquele dia. Caminhei e caminhei e sigo ainda caminhando, buscando no inverno a calçada do lado do sol.

Eu acredito na senhora, à minha maneira. Sempre acreditei na senhora, Virgem Maria Santíssima, trespassada de punhais pelas dores do mundo. Nos espíritos não. Nos espíritos eu não acredito. E como é que vou pedir aos espíritos pra me darem uma mão se não acredito na existência deles?

O Sussurro acreditava, mas os espíritos não o salvaram de se arrebentar como um inseto, pobre Sussurro, que descanse em paz. Ele dizia que tinha falado com uma quantidade tremenda de defuntos. Às vezes os espíritos vinham e se sentavam na cama dele para falar e jogar truco e tinha até um que lhe deixava dinheiro emprestado dentro dos sapatos. O Sussurro era visitado por espíritos colaborativos e por espíritos vingadores. Uma vez vieram os vingadores e lhe deram uma surra brutal enquanto dormia. Amanheceu todo inchado e sujo de sangue. Ele me contava essas coisas e eu o contestava. Olha, Sussurro, eu dizia, não é porque eu não creia em nada, mas não me venha com esses disparates dos espíritos. Eu dizia: os que te visitam são esses sujeitos dos discos voadores, não são os espíritos. Por exemplo, há pouco tempo esses sujeitos dos discos voadores baixaram aqui na praia. Ninguém soube de nada porque o governo não deixou publicar nada sobre isso. Tiraram sangue do dedo de um cristão amigo meu, parece que para eles era uma espécie de desjejum. Se comportaram muito corretamente, verdade seja dita, e falaram com ele no nosso idioma aqui do país. Não lhe tiraram sangue. Comeram e foram embora. Não sei se a senhora sabe, Maria, mas esses caras dos discos voadores vêm do centro da Terra, onde fica o fogo eterno, e saem pelas crateras dos vulcões. Já conquistaram o planeta Marte.

 Esta é uma das minhas teorias, de quando me ponho a pensar. Cada vez penso mais, sabe?, porque ando sem trabalho. Penso: e eu, o que tenho? O que é meu? O que sou? Carne batizada, apenas? Me meto dentro de mim e avanço e avanço e vão aparecendo pessoas de quem eu gostava, e sigo avançando e sigo e sigo mas me dá medo, porque eu sei que no final desses corredores da minha alma não há ninguém e que existimos por pura casualidade. O que teria acontecido se meu papai e minha mamãe não tivessem se encontrado numa noite de Carnaval? Eu estaria aqui? Teria morrido sem nascer, suponho. E quem estaria em meu lugar? Hein? Porque, no fundo, eu não sei quem sou nem de onde venho. Há alguém que sabe, mas não sou eu. Eu sei que esta vida que levo não é a minha. Mas, qual seria a minha? Isso eu ignoro. Essa vida que levo não tem música. De tanto penar já estão me doendo as costas.

 Uma das minhas maldições é que não tenho nada. Tudo que tive, perdi. A mulher de que mais gostei, a Pitanga, com quem me sentia um verdadeiro sábio, se encheu de tanto comer ossos e se foi. Há quanto tempo não vejo dois dos meus filhos? Empenhei meu rádio, com Gardel e tudo, e também empenhei meu título eleitoral. Me tiraram o roupeiro quando ainda faltava pagar duas prestações. Só não perdi a aliança porque nunca tive uma. Minha gaitinha, que para mim era como o cigarro ou até mais, muito necessária para começar o dia, acabou nas mãos da minha filhinha, a menor, a operada, e ela começou a fuçar com um garfo dentro dos buraquinhos e deixou tudo retorcido. Vale uns cinco mil pesos essa gaitinha, Maria, imagine só, por causa da questão essa do dólar. Os sapatos que estou usando, a senhora está vendo, Virgem Santa, são uns verdadeiros cadáveres. Outro dia entrei na igreja com os sapatos na mão e o padre me disse: "Não se pode entrar descalço na igreja". Eu disse a ele: "Se eu colocasse os sapatos, seria mentira. Venho pedir ajuda a Deus, e como o senhor é o delegado Dele, numa dessas Ele lhe manda me dar de presente um par de sapatos novos". O padre vai e pergunta: "Quanto tempo faz que não se confessa, meu bom homem? Há quanto tempo não comunga?". E eu lhe respondo: "Vinte e cinco anos". Ele me deu açúcar. Eu precisava de sapatos e ele me deu açúcar. Eu estava pedindo os sapatos a Deus, que continua sendo seu filho, Maria, não?, porque aos homens eu não peço nada. Não mendigo. Não agradeço. Ofereço meus braços, bons para qualquer coisa, resistentes, de ferro. Mas para mim não há novidades. Até as estrelas, quando lhes pergunto algo, me respondem que aguente mais uma noite. Ninguém tem novidades para mim. Há quantos anos estou na fila esperando que chegue minha vez? Se protesto, me levam preso. Se me calo, me levam preso. Lanço uma moedinha pro alto e se sai coroa tenho má sorte e se sai cara também tenho má sorte. De onde vem minha desgraça? Já nasci torto ou me lançaram um mau olhado? Minha alegria sumiu, Virgem Santa, pelos buracos que tenho na alma. Sou uma tristeza ambulante. Vivo para quê? Por que respiro? Começo a pensar e a perguntar e é como se apertasse o botão de arranque de um motor que depois não há jeito de parar. Às vezes ganho uns pesos e logo os transformo em bebida, isso me acontece toda hora, verdade seja dita, não vou enganar a senhora, que é a Rainha do Céu e da Terra. Mas sei que a senhora saberá compreender.

Não são lisonjas, Virgem Santa, são verdades. Tenho pra mim que minha própria entrada no mundo já foi equivocada. Meus antepassados eram príncipes guerreiros da África, ali da fronteira do deserto com a selva, Utopia se chamava seu país, na esquina do Nilo Azul. Eram pessoas muito poderosas, dessas que fazem chover furando as nuvens com a espada. Já dá pra ver que meu nascimento foi um erro e que não era pra eu ter vindo pra cá. Não sou o que sou e não me encontro: aí está o meu problema. Sei que este não é o meu lugar. Estou aqui mas não estou, Maria, Maria Auxiliadora, Mãe de Deus, e já tenho umas quantas feridas no lombo.

Eu agora clamo pela senhora, Maria, para que me ajude e me acompanhe para que eu caminhe direito pela rua e para que as coisas me saiam bem esta noite e nunca mais tenha que voltar a esta situação humilhante. Temos um assalto esta noite. Bem sei que isto não lhe agrada nem um pouco e já imagino a careta que deve estar fazendo ao me escutar. Mas a senhora, que é sagrada, vai permitir que eu continue devorando pedras?

Tu, Maria, que premias e castigas, que acendes e apagas o sol e derramas a chuva quando bem entendes, lembra-te de mim. Deves receber muitos pedidos, deves estar muito ocupada, tu, Mãe de Deus e de todos os que sofrem, arrancando as espinhas do mundo, que são tantas. Mas lembra-te de mim, se possível. Meu nome é Ganapán e sou muito cruel.

Os gamines

Têm a rua como casa. São gatos no pulo e no bote, pardais no voo, galos valentes na briga. Vagueiam em bando, em esquadrilhas; dormem feito cachos, grudados pelo gelo da madrugada. Comem o que roubam ou as sobras que mendigam ou o lixo que encontram; apagam a fome e o medo aspirando gasolina ou cola. Têm dentes cinzentos e caras queimadas pelo frio.

Arturo Dueñas, da turma da rua Vinte e Dois, vai abandonar o bando. Está farto de dar a bunda e levar surras por ser o menor, o percevejo, o manteiga derretida; e decide que é melhor se mandar sozinho.

Uma noite dessas, noite como qualquer outra noite, Arturo desliza debaixo de uma mesa de restaurante, agarra uma coxa de galinha e erguendo-a como estandarte foge pelas ruelas. Quando encontra um canto escuro, senta-se e janta. Um cãozinho olha para ele e lambe os beiços. Várias vezes Arturo o expulsa e o cachorrinho volta. Se olham: são iguaizinhos os dois, filhos de ninguém, surrados, puro osso e sujeira. Arturo se resigna e oferece.

Desde então andam juntos, caminhalegres, dividindo as sortes e os azares. Arturo, que nunca falou com ninguém, conta suas coisas. O cachorrinho dorme acocorado a seus pés.

Em uma maldita tarde a polícia agarra Arturo roubando pão, arrasta-o para a Quinta Delegacia e ali lhe dão tremenda sova.

Tempos depois Arturo volta à rua, todo maltratado. O cachorrinho não aparece. Arturo corre e percorre, busca e rebusca, e nada. Muito pergunta, e nada. Muito chama, e nada. Ninguém no mundo está tão sozinho como este menino de sete anos que está sozinho nas ruas da cidade de Bogotá, rouco de tanto gritar.

1493, Ilha de Santa Cruz: Uma experiência de Miquele de Cuneo, natural de Savona

A sombra das velas se alonga sobre o mar. Sargaços e medusas derivam, empurrados pelas ondas, até a costa.

Do castelo de popa de uma das caravelas, Colombo contempla as brancas praias onde plantou, uma vez mais, a cruz e a forca. Esta é sua segunda viagem. Quanto durará, não sabe; mas seu coração diz que tudo sairá bem, e como não vai acreditar no coração o Almirante? Será que ele não tem por costume medir a velocidade dos navios com a mão contra o peito, contando as batidas?

Debaixo da coberta de outra caravela, no camarote do capitão, uma moça mostra os dentes. Miquele de Cuneo busca os peitos dela, e ela o arranha e chuta, e uiva. Miquele recebeu-a há uns instantes. É um presente de Colombo.

Açoita-a com uma corda. Bate firme na cabeça e no ventre e nas pernas. Os uivos fazem-se gritos; os gritos, gemidos. Finalmente, escuta-se o ir e vir das gaivotas e o ranger da madeira que balança. De vez em quando uma garoa de ondas entra pela escotilha.

Miquele deita sobre o corpo ensanguentado e se remexe, arfa e força. O ar cheira a breu, a salitre, a suor. E então a moça, que parecia desmaiada ou morta, crava subitamente as unhas nas costas de Miquele, se enrosca em suas pernas e o faz rodar em um abraço feroz.

Muito depois, quando Miquele desperta, não sabe onde está nem o que aconteceu. Se desprende dela, lívido, e a afasta com um empurrão.

Zanzando, sobe à coberta. Aspira fundo a brisa do mar, com a boca aberta. E diz em voz alta, como se comprovasse:

– Estas índias são todas putas.

1778, Filadélfia:
Se ele tivesse nascido mulher

Dos dezesseis irmãos de Benjamin Franklin, Jane é a que mais se parece com ele em talento e força de vontade.

Mas na idade em que Benjamin saiu de casa para abrir seu próprio caminho, Jane casou-se com um seleiro pobre, que a aceitou sem dote, e dez meses depois deu à luz seu primeiro filho. Desde então, durante um quarto de século, Jane teve um filho a cada dois anos. Algumas crianças morreram, e cada morte abriu-lhe um talho no peito. As que viveram exigiram comida, abrigo, instrução e consolo. Jane passou noites a fio ninando os que choravam, lavou montanhas de roupa, banhou montões de crianças, correu do mercado à cozinha, esfregou torres de pratos, ensinou abecedários e ofícios, trabalhou ombro a ombro com o marido na oficina e atendeu os hóspedes cujo aluguel ajudava a encher a panela. Jane foi esposa devota e viúva exemplar; e quando os filhos já estavam crescidos, encarregou-se dos próprios pais, doentes, de suas filhas solteironas e de seus netos desamparados.

Jane jamais conheceu o prazer de se deixar flutuar em um lago, levada à deriva pelo fio de um papagaio, como costuma fazer Benjamin, apesar da idade. Jane nunca teve tempo de pensar, nem se permitiu duvidar.

Benjamin continua sendo um amante fervoroso, mas Jane ignora que o sexo possa produzir outra coisa além de filhos. Benjamin, fundador de uma nação de inventores, é um grande homem de todos os tempos. Jane é uma mulher do seu tempo, igual a quase todas as mulheres de todos os tempos, que cumpriu com seu dever nesta terra e expiou sua parte de culpa na maldição bíblica. Ela fez o possível para não ficar louca e buscou, em vão, um pouco de silêncio.

Seu caso não despertará o interesse dos historiadores.

1908, Caracas:
Bonecas

Cada varão venezuelano é o Cipriano Castro das mulheres que o tocam.

Uma senhorita exemplar serve ao pai e aos irmãos como servirá ao marido, e não faz nem diz nada sem pedir licença. Se tem dinheiro ou berço, acode à missa das sete e passa o dia aprendendo a dar ordens aos serviçais negros, cozinheiras, serventes, babás, amas de leite, lavadeiras, e fazendo trabalhos de agulha ou bilro. Às vezes recebe amigas, e até se atreve a recomendar algum livro ousado, sussurrando:

– Se você soubesse como me fez chorar.

Duas vezes por semana, à tardinha, passa algumas horas escutando o noivo, sem olhá-lo e sem permitir que chegue perto, ambos sentados no sofá, frente ao olhar atento da tia. Todas as noites, antes de se deitar, reza as ave-marias do rosário e aplica na pele uma infusão de pétalas de jasmim amassadas em água de chuva à luz da lua cheia.

Se o noivo a abandona, ela se transforma subitamente em tia e fica portanto condenada a vestir santos, defuntos e recém-nascidos, a vigiar noivos, a cuidar de doentes, a dar o catecismo e a suspirar pelas noites, na solidão da cama, contemplando o retrato de quem a desdenhou.

Alguém

Numa esquina, frente ao sinal fechado, alguém engole fogo, alguém lava para-brisas, alguém vende toalhinhas de papel, chicletes, bandeirinhas e bonecas que fazem pipi. Alguém escuta o horóscopo pelo rádio, agradecido aos astros por se preocuparem com ele. Caminhando entre os altos edifícios, alguém gostaria de comprar silêncio ou ar, mas não tem dinheiro suficiente. No imundo subúrbio, entre os enxames de moscas de cima e os exércitos de ratos de baixo, alguém aluga uma mulher por três minutos: num quartinho de bordel é violador o violado, melhor que se fizesse aquilo com uma mula no rio. Alguém fala sozinho frente ao telefone, depois de pendurar o fone. Alguém fala sozinho na frente do aparelho de televisão. Alguém fala sozinho na frente do caça-níqueis. Alguém rega um vaso de flores de plástico. Alguém sobe num ônibus vazio, de madrugada, e o ônibus continua vazio.

Agosto, 29:
Homem de cor

Querido irmão branco:
  Quando nasci, era negro.
  Quando cresci, era negro.
  Quando o sol bate, sou negro.
  Quando estou doente, sou negro.
  Quando morrer, serei negro.
E enquanto isso, você:
  Quando nasceu, era rosado.
  Quando cresceu, foi branco.
  Quando o sol bate, você é vermelho.
  Quando sente frio, é azul.
  Quando sente medo, é verde.
  Quando está doente, é amarelo.
  Quando morrer, você será cinzento.
Então, qual de nós dois é um homem de cor?

(De Léopold Senghor, poeta do Senegal)

Se o Larousse está dizendo...

Em 1885, Joseph Firmin, negro, haitiano, publicou em Paris um livro de mais de seiscentas páginas, chamado *Sobre a igualdade das raças humanas*.

A obra não teve difusão nem repercussão. Só encontrou silêncio. Naquele tempo, ainda era santa palavra o dicionário Larousse, que assim explicava o assunto:

Na espécie negra, o cérebro está menos desenvolvido que na espécie branca.

Perigo no caminho

Arredores de Sevilha, inverno de 1936: aproximam-se as eleições espanholas.

Um senhor anda percorrendo suas terras, quando um camponês andrajoso atravessa seu caminho.

Sem descer do cavalo, o senhor o chama e põe em sua mão uma moeda e uma lista de candidatos.

O homem deixa as duas caírem e, virando as costas, diz:

– Na minha fome, mando eu.

A alienação

Em meus anos moços, fui caixa de banco.
Recordo, entre os clientes, um fabricante de camisas. O gerente do banco renovava suas promissórias só por piedade. O pobre camiseiro vivia em perpétua soçobra. Suas camisas não eram ruins, mas ninguém as comprava. Certa noite, o camiseiro foi visitado por um anjo. Ao amanhecer, quando despertou, estava iluminado. Levantou-se de um salto.
A primeira coisa que fez foi trocar o nome de sua empresa, que passou a se chamar Uruguai Sociedade Anônima, patriótico nome cuja sigla é U.S.A. A segunda coisa que fez foi pregar nos colarinhos de suas camisas uma etiqueta que dizia, e não mentia: *Made in U.S.A.* A terceira coisa que fez foi vender camisas feito louco. E a quarta coisa que fez foi pagar o que devia e ganhar muito dinheiro.

Julho, 11:
A fabricação de lágrimas

Em 1941, o Brasil inteiro chorava a primeira radionovela:

O creme dental Colgate apresenta...
"Em busca da felicidade!"

    O drama havia sido importado de Cuba e adaptado à realidade nacional. Os personagens tinham dinheiro de sobra, mas eram infelizes. Cada vez que estavam a ponto de alcançar a felicidade, o Destino cruel punha tudo a perder. E assim se passaram quase três anos, capítulo atrás de capítulo, e nem as moscas voavam quando chegava *a hora da novela*.
    Não havia rádios em algumas aldeias escondidas no interior do Brasil. Mas sempre havia alguém disposto a cavalgar algumas léguas, escutar o capítulo, guardar bem na memória e regressar galopando. Então o cavaleiro contava o que tinha ouvido. E seu relato, muito mais longo que o original, convocava uma multidão de vizinhos ávidos para saborear as últimas desgraças, com esse impagável prazer dos pobres quando conseguem ter pena dos ricos.

Outros abraços

1701, São Salvador, Bahia:
Palavra da América

O padre Antônio Vieira morreu na virada do século, mas não a sua voz, que continua abrigando o desamparo. Em terras do Brasil ecoam recentes, sempre vivas, as palavras do missionário dos infelizes e dos perseguidos.

Uma noite, o padre Vieira falou sobre os mais antigos profetas. Eles não se enganavam, disse, quando liam o destino nas entranhas dos animais que sacrificavam. Nas entranhas, disse. Nas entranhas, e não na cabeça, porque o melhor profeta é aquele capaz do amor, e não o capaz da razão.

O mundo

Um homem da aldeia de Neguá, no litoral da Colômbia, conseguiu subir aos céus.

Quando voltou, contou. Disse que tinha contemplado, lá do alto, a vida humana. E disse que somos um mar de fogueirinhas.

– O mundo é isso – revelou. – Um montão de gente, um mar de fogueirinhas.

Cada pessoa brilha com luz própria entre todas as outras. Não existem duas fogueiras iguais. Existem fogueiras grandes e fogueiras pequenas e fogueiras de todas as cores. Existe gente de fogo sereno, que nem percebe o vento, e gente de fogo louco, que enche o ar de chispas. Alguns fogos, fogos bobos, não alumiam nem queimam; mas outros incendeiam a vida com tamanha vontade que é impossível olhar para eles sem pestanejar, e quem chegar perto pega fogo.

1945, Princeton:
Os olhos mais tristes

Albert Einstein sente como se sua própria mão tivesse apertado o botão. Ele não fez a bomba atômica, mas a bomba atômica não teria sido possível sem suas descobertas. Agora, Einstein gostaria de ter sido outro, ter dedicado a vida ao inofensivo ofício de consertar canos ou levantar paredes em vez de andar averiguando segredos da vida, que outros usam para aniquilá-la.
    Quando era criança, um professor disse a ele:
    – Você nunca será nada.
    Comendo mosca, com cara de quem vive no mundo da lua, ele se perguntava como seria a luz vista por alguém que pudesse cavalgar um raio. Quando se fez homem, encontrou a resposta, que acabou sendo a teoria da relatividade. Recebeu um prêmio Nobel e mereceu vários outros, pelas respostas que desde então encontrou para outras perguntas, nascidas do misterioso vínculo entre as sonatas de Mozart e o teorema de Pitágoras, ou nascidas dos desafiantes arabescos que desenha, no ar, a fumaça de seu longuíssimo cachimbo.
    Einstein achava que a ciência era um modo de revelar a beleza do universo. O mais célebre dos sábios tem os mais tristes olhos da história humana.

Para entender o inferno

Entre os índios do Canadá não existe nenhum barrigudo e nenhum corcunda, dizem os frades e os exploradores franceses. Se existe algum manco, ou cego, ou caolho, é por ferimento de guerra.

Não conhecem a propriedade nem a inveja, conta Pouchot, e chamam o dinheiro de *serpente dos franceses.*

Consideram ridículo obedecer a um semelhante, diz Lafitau. Escolhem chefes que não têm nenhum privilégio; e quem se torna mandão é destituído. As mulheres opinam e decidem, igualzinho aos homens. Os conselhos de anciãos e as assembleias públicas têm a última palavra, mas nenhuma palavra humana soa mais forte que a voz dos sonhos.

Obedecem aos sonhos como os cristãos ao comando divino, observa Brébeuf. Obedecem todos os dias, porque, através dos sonhos, a alma fala todas as noites.

Comem quando têm fome, anota Cartier. Não conhecem outro relógio além do apetite.

São libertinos, adverte Le Jeune. Tanto a mulher como o homem podem romper seu matrimônio quando bem quiserem. A virgindade não significa nada para eles. Champlain descobriu anciãs que tinham se casado vinte vezes.

Segundo Le Jeune, trabalhar não lhes agrada, mas inventar mentiras os fascina.

São incapazes, comprova Biard, de entender qualquer ideia abstrata.

Segundo Brébeuf, os índios não conseguem entender a ideia de inferno. Jamais tinham ouvido falar de castigo eterno. Quando os cristãos os ameaçam com o inferno, os selvagens perguntam: *E meus amigos estarão no inferno?*

Celebração da amizade

Juan Gelman me contou que uma senhora brigou a guarda-chuvadas, numa avenida de Paris, contra uma brigada inteira de funcionários municipais. Os funcionários estavam caçando pombos quando ela emergiu de um incrível Ford bigode, um carro de museu, daqueles que funcionavam à manivela; e brandindo seu guarda-chuva, lançou-se ao ataque.

Agitando os braços abriu caminho, e seu guarda-chuva justiceiro arrebentou as redes onde os pombos tinham sido aprisionados. Então, enquanto os pombos fugiam em alvoroço branco, a senhora avançou a guarda-chuvadas contra os funcionários.

Os funcionários só atinaram em se proteger, como puderam, com os braços, e balbuciavam protestos que ela não ouvia: mais respeito, minha senhora, faça-me o favor, estamos trabalhando, são ordens superiores, senhora, por que não vai bater no prefeito?, senhora, que bicho picou a senhora?, esta mulher endoidou...

Quando a indignada senhora cansou o braço, e apoiou-se numa parede para tomar fôlego, os funcionários exigiram uma explicação.

Depois de um longo silêncio, ela disse:

– Meu filho morreu.

Os funcionários disseram que lamentavam muito, mas que eles não tinham culpa. Também disseram que naquela manhã tinham muito o que fazer, a senhora compreende...

— Meu filho morreu — repetiu ela.

E os funcionários: sim, claro, mas que eles estavam ganhando a vida, que existem milhões de pombos soltos por Paris, que os pombos são a ruína desta cidade...

— Cretinos — fulminou a senhora.

E longe dos funcionários, longe de tudo, disse:

— Meu filho morreu e se transformou em pombo.

Os funcionários calaram e ficaram pensando um tempão. Finalmente, apontando os pombos que andavam pelos céus e telhados e calçadas, propuseram:

— Senhora: por que não leva seu filho embora e deixa a gente trabalhar?

Ela ajeitou o chapéu preto:

— Ah!, não! De jeito nenhum!

Olhou através dos funcionários, como se fossem de vidro, e disse muito serena:

— Eu não sei qual dos pombos é meu filho. E se soubesse, também não ia levá-lo embora. Que direito tenho eu de separá-lo de seus amigos?

1911, Campos de Chihuahua: Pancho Villa

Gosta de se casar e se casa com frequência. Com uma pistola na nuca, não há padre que se negue nem moça que resista. Também gosta de dançar o *tapatío* ao som da marimba e de se meter em tiroteio. Como chuva no chapéu, rebotam nele as balas.

Tinha-se feito ao deserto muito cedo:

– Para mim a guerra começou quando nasci.

Era quase menino quando vingou a irmã. Das muitas mortes que deve, a primeira foi de patrão; e teve que virar bandido.

Tinha nascido com o nome de Doroteo Arango. Pancho Villa era outro, um companheiro de quadrilha, um amigo, o mais querido: quando os guardas rurais mataram Pancho Villa, Doroteo Arango recolheu seu nome e ficou com ele. Passou a chamar-se Pancho Villa, contra a morte e o esquecimento, para que seu amigo continuasse existindo.

Notícias

Os macacos confundem Gato Félix com Tarzã, Popeye devora suas latas infalíveis, Berta Singerman geme versos no Teatro Solís, a grande tesoura de Geniol corta os resfriados, de um momento a outro Mussolini vai invadir a Etiópia, a frota britânica concentra-se no Canal de Suez.

Página após página, dia após dia, o ano de 1935 vai desfilando frente aos olhos de Pepe Barrientos, na Biblioteca Nacional. Pepe está buscando sei lá qual dado na coleção do jornal *Uruguay*, a estreia de um tango ou o batizado de uma rua ou coisa parecida, e o tempo inteiro sente que esta não é a primeira vez, sente que já viu o que está vendo agora, que já passou por aqui, passou antes por aqui, por estas páginas, o cine Ariel estreia um filme de Ginger Rogers, no Artigas a pequena Shirley Temple dança e canta, uma flanela molhada em Untisal cura a dor de garganta, um navio arde em chamas a cento e cinquenta milhas destas costas de Montevidéu, uma bailarina de reputação duvidosa amanhece assassinada, Mussolini pronuncia seu ultimato. *Guerra! Vem aí a guerra!*, clama uma enorme manchete. Sim, Pepe já viu. Sim, sim: esta foto, o goleiro feito pomba voadora atravessando a página, o chute de Cea dobrando as mãos do goleiro, essas letras: talvez na infância, pensa. Surpreende-se de tão longa a viagem da memória: em 1935, há mais de meio século, ele tinha seis anos. E então, de repente, é tocado pelo medo, as unhas geladas do medo roçam sua nuca, e ele tem certeza de que deve ir embora, e tem certeza de que vai ficar.

 E assim continua. Poderia mudar de jornal, ou de ano, ou simplesmente poderia caminhar até a porta de saída, mas continua. Pepe continua, chamado, não pode ir embora, não pode parar, e o Peñarol ganha e sua grande figura é Gestido, e foi firmada a paz entre o Paraguai e a Bolívia mas o problema dos prisioneiros ainda não foi resolvido, e uma tormenta afunda barcos no canal da Mancha, e foi preso o assassino da bailarina, que era o seu amante e que levava oito centavos no bolso no momento de sua detenção, e o remédio Himrod é garantido contra a asma, e de repente a mão de Pepe, que acaba de virar a página, fica paralisada, e uma foto golpeia sua cara: uma foto aberta em seis colunas, o caminhão tombado e arrebentado, a imensa foto do caminhão, e ao redor do caminhão um enxame de curiosos vendo o fotógrafo, olhando para Pepe que olha os curiosos, que não os vê: Pepe com os olhos cegos de lágrimas vendo a foto do caminhão onde seu pai morreu esmagado numa trombada espetacular que comove o bairro La Teja, em Montevidéu, ao meio-dia do dia 18 de setembro de 1935.

1950, Rio de Janeiro:
Obdulio

A coisa está feia, mas Obdulio estufa o peito, pisa forte e mete a perna. O capitão do time uruguaio, negro mandão e fornido, não se encolhe. Obdulio cresce quando a imensa multidão ruge mais, multidão inimiga, nas arquibancadas.

Surpresa e luto no estádio do Maracanã: o Brasil, goleador, demolidor, favorito de ponta a ponta, perde a última partida no último minuto. O Uruguai, jogando com alma e vida, ganha o campeonato mundial de futebol.

Ao anoitecer, Obdulio Varela foge do hotel, assediado por jornalistas, torcedores e curiosos. Obdulio prefere celebrar na solidão. E vai beber por aí, em qualquer botequim; mas em todas as partes encontra brasileiros chorando.

— Culpa daquele Obdulio — dizem, banhados em lágrimas, os que há algumas horas vociferavam no estádio. — O Obdulio ganhou o jogo.

E Obdulio sente um estupor pela raiva que teve deles, agora que os vê um a um. A vitória começa a pesar em suas costas. Ele arruinou a festa dessa gente boa, e sente vontade de pedir perdão por ter cometido a tremenda maldade de ganhar. Por isso, continua caminhando pelas ruas do Rio de Janeiro, de bar em bar. E assim amanhece, bebendo, abraçado aos vencidos.

As impressões digitais

Lembro o tempo do hospital como uma longa viagem. Eu ia em um trem, atravessando o mundo, e da bruma da noite escapavam cidades e resplendores, caras queridas, e eu lhes dizia adeus.

Via o mar e o porto de Montevidéu e as fogueiras de Paysandú, as esquinas e as planícies onde tinha sido garoto e feliz. Via um potrinho galopando. Via ranchos de terra e aldeias fantasmas. Passarinhos no lombo de uma vaca deitada. O casco de uma fazenda em ruínas. Me via entrando na capela invadida pelos arbustos. Eu metia a chave enorme e a porta rangia e gemia. De fora chegava o ruído da alegria das calandras e dos *teru-teru*. A luz atravessava os vitrais e banhava, avermelhada, minha cara, enquanto eu abria caminho entre as ervas e chegava ao altar e conversava com Deus e o perdia.

Via meu irmão despertando-me debaixo das árvores, sacudindo-me, no amanhecer do terceiro dia de nossa travessia a cavalo pelo campo aberto. Ele me despertava e me perguntava: "Você esteve alguma vez com uma mulher?", e eu espreguiçava e mentia.

Via mares e portos. Cantinas de subúrbio, cheias de fumaça, cheirando a comida quente. Prisões. Comarcas distantes. Povoados perdidos nas montanhas. Acampamentos com fogueiras. Via olhares, ventres, brilhos: mulheres amadas sob a chuva violenta ou no mar ou nos trens, mulheres cravadas à meia-noite contra uma árvore na rua; abraços de besouros que rodam pelas areias nas dunas. Via meus filhos e via amigos de quem nunca mais se soube.

Eu tinha passado toda a vida dizendo adeus. Merda. Toda a vida dizendo adeus. Que acontecia comigo? Depois de tanta despedida, o que eu tinha deixado? E em mim, o que havia ficado? Eu tinha trinta anos, mas entre a memória e a vontade de continuar se amontoavam muita dor e muito medo. Eu tinha sido muitas pessoas. De quantas carteiras de identidade era dono?

Outra vez havia estado a ponto de naufragar. Tinha escapado de morrer uma morte não escolhida e longe de minha gente, e essa alegria era mais intensa que qualquer pânico ou ferida. Não teria sido justo morrer, pensei. Não tinha chegado ao porto esse barquinho? Mas, e se não houvesse nenhum porto para esse barquinho? Vai ver navegava pelo puro prazer de andar ou por causa da loucura de perseguir aquele mar ou céu luminoso que tinha perdido ou inventado.

Agora, morrer teria sido um erro. Eu queria dar tudo antes que a morte chegasse, ficar vazio, para que a filha da puta não encontrasse nada para levar. Tanto suco eu ainda tinha! Sim, era isso o que tinha ficado em mim ao fim de tanto adeus: muito suco e vontade de navegar e desejo de mundo.

Depois me levantei e caminhei. Sentia a areia nas plantas dos pés descalços e as folhas das árvores tocavam meu rosto. Tinha saído do hospital feito um trapo, mas tinha saído vivo, e não me importavam porra nenhuma o tremor do queixo ou a frouxidão das pernas. Me belisquei, ri. Não tinha dúvidas nem medo. O planeta inteiro era terra prometida.

Pensei que conhecia umas tantas estórias boas para contar aos outros, e descobri, e confirmei, que meu assunto era escrever. Muitas vezes tinha chegado a me convencer de que esse ofício solitário não valia a pena se um o comparava, digamos, com a militância ou a aventura. Tinha escrito e publicado muito, mas me faltou coragem para chegar ao fundo de mim e abrir-me por completo e oferecer isso. Escrever era perigoso, como fazer o amor quando se faz como deve.

Aquela noite percebi que eu era um caçador de palavras. Para isso tinha nascido. Essa ia ser minha maneira de estar com os demais depois de morto e assim não iam morrer totalmente as pessoas e coisas que eu tinha querido.

    Escrever era um desafio. Eu sabia. Desafiar-me, me provocar, dizer a mim mesmo: "Não vai conseguir". E também sabia que para que nascessem as palavras eu tinha de fechar os olhos e pensar intensamente em uma mulher.

Eu, mutilado capilar

Os barbeiros me humilham cobrando meia tarifa.

Faz uns vinte anos que o espelho delatou os primeiros clarões debaixo da melena frondosa. Hoje o luminoso reflexo de minha calva em vitrines e janelas e janelinhas me provoca estremecimentos de horror.

Cada fio de cabelo que perco, cada um dos últimos cabelos, é um companheiro que tomba, e que antes de tombar teve nome ou pelo menos número.

A frase de um amigo piedoso me consola:

— Se o cabelo fosse importante, estaria dentro da cabeça, e não fora.

Também me consolo comprovando que em todos esses anos caíram muitos de meus cabelos mas nenhuma de minhas ideias, o que acaba sendo uma alegria quando a gente pensa em todos esses arrependidos que andam por aí.

A festa

Estava suave o sol, o ar limpo e o céu sem nuvens. Afundado na areia, um caldeirão de barro fumegava.

No caminho entre o mar e a boca, os camarões passavam pelas mãos de Zé Fernando, mestre de cerimônias, que os banhava em água-benta de sal e cebolas e alho.

Havia bom vinho. Sentados em roda, amigos compartilhávamos o vinho e os camarões e o mar que se abria, livre e luminoso, aos nossos pés.

Enquanto acontecia, essa alegria estava já sendo recordada pela memória e sonhada pelo sonho. Ela não terminaria nunca, e nós tampouco, porque somos todos mortais até o primeiro beijo e o segundo copo, e qualquer um sabe disso, por menos que saiba.

O ar e o vento

Pelos caminhos vou, como o burrinho de São Fernando, um pouquinho a pé e outro pouquinho andando.
Às vezes me reconheço nos demais. Me reconheço nos que ficarão, nos amigos abrigos, loucos lindos de justiça e bichos voadores da beleza e demais vadios e malcuidados que andam por aí e que por aí continuarão, como continuarão as estrelas da noite e as ondas do mar. Então, quando me reconheço neles, eu sou ar aprendendo a saber-me continuado no vento.
Acho que foi Vallejo, César Vallejo, que disse que às vezes o vento muda o ar.
Quando eu já não estiver, o vento estará, continuará estando.

Janela sobre a herança

Pola Bonilla modelava barros e crianças. Ela era ceramista de mão-cheia e mestre-escola nos campos de Maldonado; e nos verões oferecia aos turistas suas esculturas e chocolate com churros.
Pola adotou um negrinho nascido na pobreza, dos muitos que chegam ao mundo sem ter com que, e criou-o como se fosse um filho.
Quando ela morreu, ele já era homem crescido e com ofício.

Então os parentes de Pola disseram a ele:
– Entre na casa e pode levar o que quiser.
E ele saiu com uma fotografia dela debaixo do braço e se perdeu nos caminhos.

Celebração da coragem/2

Perguntei a ele se tinha visto algum fuzilamento. Sim, tinha visto. Chino Heras tinha visto um coronel ser fuzilado, no final de 1960, no quartel de La Cabaña. A ditadura de Batista tinha muitos carrascos, coisa ruim a serviço da dor e da morte; e aquele coronel era um dos muitos, um dos piores.

Estávamos em meu quarto, numa roda de amigos, em um hotel de Havana. Chino contou que o coronel não tinha querido que vendassem os seus olhos, e sua última vontade não fora um cigarro: o coronel pediu que o deixassem comandar seu próprio fuzilamento. O coronel gritou: *Preparar!* e gritou: *Apontar!* Quando ia gritar: *Fogo!*, o fuzil de um dos soldados travou. Então o coronel interrompeu a cerimônia.

– Calma – disse para a fila dupla de homens que deviam matá--lo. Eles estavam tão próximos que quase podia tocá-los.

– Calma – disse. – Não fiquem nervosos.

E novamente mandou preparar armas, e mandou apontar, e quando estava tudo em ordem, mandou disparar. E caiu.

Chino contou esta morte do coronel, e ficamos calados. Éramos vários naquele quarto, e todos nos calamos.

Esticada feito uma gata sobre a cama, havia uma moça de vestido vermelho. Não recordo seu nome. Recordo suas pernas. Ela tampouco disse nada.

Passaram-se duas ou três garrafas de rum e no fim todo mundo foi dormir. Ela também. Antes de ir embora, da porta entreaberta, olhou para o Chino, sorriu e agradeceu:

– Obrigada – disse. – Eu não conhecia os detalhes. Obrigada por ter me contado.

Depois soubemos que o coronel era o pai da moça.

Uma morte digna é sempre uma boa história para se contar, mesmo que seja a morte digna de um filho da puta. Mas eu quis escrevê-la, e não consegui. Passou o tempo e esqueci.

Da moça, nunca mais ouvi falar.

As idades de Ana

Em seus primeiros anos, Ana Fellini acreditava que seus pais tinham morrido num acidente. Seus avós contaram. Disseram a ela que seus pais vinham buscá-la quando o avião caiu.

Aos onze anos, alguém disse a ela que seus pais tinham morrido lutando contra a ditadura militar argentina. Não perguntou nada, não disse nada. Ela, menina faladora, desde aquele momento falou pouco ou nada.

Aos dezessete, era difícil beijar. Tinha uma chaguinha debaixo da língua.

Aos dezoito, era difícil comer. A chaga era cada vez mais funda.

Aos dezenove, foi operada.

Aos vinte, morreu.

O médico disse que foi morta por um câncer na boca.

Os avós disseram que foi morta pela verdade.

A bruxa do bairro disse que morreu porque não gritou.

Junho, 15:
Uma mulher conta

Vários generais argentinos foram levados a julgamento por causa das façanhas que cometeram nos tempos da ditadura militar.

Silvina Parodi, uma estudante acusada de atividades subversivas por viver protestando e criando caso, foi uma das muitas prisioneiras desaparecidas para sempre.

Cecília, sua melhor amiga, prestou depoimento, diante do tribunal, no ano de 2008. Contou os suplícios que havia sofrido no quartel, e disse que tinha sido ela quem entregou o nome de Silvina, quando não conseguiu mais aguentar as torturas de cada dia e de cada noite:

– Fui eu. Eu levei os verdugos até a casa onde Silvina estava. Eu vi quando ela saiu, aos empurrões, às coronhadas, aos pontapés. Eu escutei ela gritar.

Na saída do tribunal, alguém se aproximou e perguntou a Cecília, em voz baixa:

– E depois disso tudo, como é que você faz para continuar vivendo?

E ela respondeu, em voz mais baixa ainda:

– E quem é que disse que eu estou viva?

Junho, 9:
Sacrílegas

No ano de 1901, Elisa Sánchez e Marcela Gracia contraíram matrimônio na igreja de São Jorge, na cidade galega de A Corunha. Elisa e Marcela se amavam às escondidas. Para normalizar a situação, com boda, sacerdote, certidão e foto, foi preciso inventar um marido: Elisa se transformou em Mario, vestiu roupa de cavalheiro, cortou os cabelos e falou com outra voz.

Depois, quando ficaram sabendo, os jornais da Espanha inteira puseram a boca no mundo diante daquele *escândalo asquerosíssimo, essa imoralidade desavergonhada*, e aproveitaram aquela tão lamentável ocasião para vender como nunca, enquanto a Igreja, enganada em sua boa-fé, denunciava para a polícia o sacrilégio cometido.

E desatou-se a caçada.

Elisa e Marcela fugiram para Portugal.

Caíram presas na cidade do Porto.

Quando escaparam da cadeia, trocaram de nomes e foram mar afora.

Na cidade de Buenos Aires perdeu-se a pista das fugitivas.

Junho, 10:
Um século depois

Nestes dias do ano de 2010, foi aberto em Buenos Aires o debate sobre o projeto de legalização do matrimônio homossexual.

Seus inimigos lançaram a guerra de Deus contra as bodas do Inferno, mas o projeto foi vencendo obstáculos, ao longo de um caminho espinhoso, até que no dia 15 de julho a Argentina se transformou no primeiro país latino-americano a reconhecer a plena igualdade de todas e de todos no arco-íris da diversidade sexual.

Foi uma derrota da hipocrisia dominante, que convida a viver obedecendo e a morrer mentindo, e foi uma derrota da Santa Inquisição, que muda de nome mas sempre tem lenha para a fogueira.

Inventário geral do mundo

Arthur Bispo do Rosário foi negro, pobre, marinheiro, lutador de boxe e artista por conta de Deus.
Viveu num manicômio do Rio de Janeiro.
Lá, os sete anjos azuis transmitiram a ele a ordem divina: Deus mandou-o fazer um inventário geral do mundo.
A missão encomendada era monumental. Arthur trabalhou dia e noite, cada noite, cada dia, até que no inverno de 1989, quando estava em plena tarefa, a morte agarrou-o pelos cabelos e o levou.
O inventário do mundo, inconcluso, estava feito de ferro-velho,
vidros quebrados,
vassouras calvas,
chinelas caminhadas,
garrafas bebidas,
lençóis dormidos,
rodas viajadas,
bandeiras vencidas,
cartas lidas,
palavras esquecidas e
águas chovidas.

Arthur havia trabalhado com lixo. Porque todo lixo era vida vivida, e do lixo vinha tudo o que no mundo era ou tinha sido. Nada de intacto merecia aparecer. O intacto tinha morrido sem nascer. A vida só latejava no que tinha cicatrizes.

Autobiografia completíssima

Nasci no dia 3 de setembro de 1940, quando Hitler devorava meia Europa e o mundo não esperava nada de bom.
Desde que eu era muito pequeno, tive uma grande facilidade para cometer erros. De tanto dar mancada, acabei demonstrando que ia deixar profunda marca da minha passagem pelo mundo.
Com a sadia intenção de marcar ainda mais fundo, virei escritor, ou tentei virar.
Meus trabalhos de maior êxito são três artigos que circulam com meu nome pela internet. As pessoas me param na rua, para me cumprimentar, e cada vez que isso acontece me lanço a desfolhar a margarida:
– Me mato, não me mato, me mato...
Nenhum desses artigos foi escrito por mim.

Eu confesso

Vou revelar meu segredo.
Não quero, não posso levar este segredo para a tumba.
Eu sei por que o Uruguai foi campeão mundial em 1950.
Aquela façanha ocorreu graças à valentia de Obdulio, à astúcia de Schiaffino, à velocidade de Ghiggia. É verdade. Mas também por algo mais.
Eu tinha nove anos e era muito religioso, devoto do futebol e de Deus, nessa ordem.
Naquela tarde roí as unhas e a mão também, escutando, pelo rádio, o relato de Carlos Solé, que estava lá no Maracanã.
Gol do Brasil.
Ai!
Caí de joelhos e, chorando, roguei a Deus, ai meu Deus, ai meu Deusinho, me faça esse favor, estou rogando, não me negue esse milagre.
E fiz minha promessa.
Deus me atendeu, o Uruguai ganhou, mas eu jamais consegui lembrar o que é que tinha prometido.
Ainda bem.
Talvez tenha me salvado de andar sussurrando pais-nossos dia e noite, durante anos e anos, sonâmbulo perdido pelas ruas de Montevidéu.

Estrangeiro

No jornal do bairro do Raval, em Barcelona, a mão anônima escreveu:
Teu deus é judeu, tua música é negra, teu carro é japonês, tua pizza é italiana, teu gás é argelino, teu café é brasileiro, tua democracia é grega, teus números são árabes, tuas letras são latinas. Eu sou teu vizinho. E tu dizes que o estrangeiro sou eu?

Viagem ao Inferno

Faz já alguns anos, numa das minhas mortes, visitei o Inferno. Eu tinha escutado que nesses abismos servem o vinho que você preferir e os manjares que escolher, amantas e amantes para todos os gostos, música para dançar, um gozo infinito...

E uma vez mais confirmei que a publicidade mente. O Inferno promete um vidão, mas eu não encontrei nada além de uma multidão fazendo fila.

A longuíssima fila, que se perdia de vista por aqueles desfiladeiros fumegantes, era formada por mulheres e homens de todos os tempos, dos caçadores das cavernas até os astronautas do espaço sideral.

Elas e eles estavam condenados a esperar. A esperar desde sempre e para sempre.

Isso foi o que descobri: o Inferno é a espera.

Minha cara, sua cara

Pelo que dizem os que sabem, os golfinhos se reconhecem no espelho.

Cada golfinho identifica a imagem que o espelho devolve.

Também nossos primos, os chimpanzés, os orangotangos e os gorilas, se olham no espelho e não têm dúvida: este sou eu.

Para nós, porém, a coisa é mais complicada. Acontece nesses dias de depressão e baixo astral, dias perfeitos para receber notícias tristes e tomar sopa de prego: ao iniciar esses dias inimigos, a gente pensa quem será esse fulano que me olha, de quem caralho será essa cara que estou barbeando.

O direito ao delírio

Milênio vai, milênio vem, a ocasião é propícia para que os oradores de inflamado verbo discursem sobre os destinos da humanidade e para que os porta-vozes da ira de Deus anunciem o fim do mundo e o aniquilamento geral, enquanto o tempo, de boca fechada, continua sua caminhada ao longo da eternidade e do mistério.

Verdade seja dita, não há quem resista: numa data assim, por mais arbitrária que seja, qualquer um sente a tentação de perguntar-se como será o tempo que será. E vá-se lá saber como será. Temos uma única certeza: no século XXI, se ainda estivermos aqui, todos nós seremos gente do século passado e, pior ainda, do milênio passado.

Embora não possamos adivinhar o tempo que será, temos, sim, o direito de imaginar o que queremos que seja. Em 1948 e em 1976 as Nações Unidas proclamaram extensas listas de direitos humanos, mas a imensa maioria da humanidade só tem o direito de ver, ouvir e calar. Que tal começarmos a exercer o jamais proclamado direito de sonhar? Que tal delirarmos um pouquinho? Vamos fixar o olhar num ponto além da infâmia para adivinhar outro mundo possível:

o ar estará livre de todo veneno que não vier dos medos humanos e das humanas paixões;

nas ruas, os automóveis serão esmagados pelos cães;

as pessoas não serão dirigidas pelos automóveis, nem programadas pelo computador, nem compradas pelo supermercado e nem olhadas pelo televisor;

o televisor deixará de ser o membro mais importante da família e será tratado como o ferro de passar e a máquina de lavar roupa;

as pessoas trabalharão para viver, ao invés de viver para trabalhar;

será incorporado aos códigos penais o delito da estupidez, cometido por aqueles que vivem para ter e para ganhar, ao invés de viver apenas por viver, como canta o pássaro sem saber que canta e como brinca a criança sem saber que brinca;

em nenhum país serão presos os jovens que se negarem a prestar o serviço militar, mas irão para a cadeia os que desejarem prestá-lo;

os economistas não chamarão *nível de vida* ao nível de consumo, nem chamarão *qualidade de vida* à quantidade de coisas;

os cozinheiros não acreditarão que as lagostas gostam de ser fervidas vivas;

os historiadores não acreditarão que os países gostam de ser invadidos;

os políticos não acreditarão que os pobres gostam de comer promessas;

ninguém acreditará que a solenidade é uma virtude e ninguém levará a sério aquele que não for capaz de rir dele mesmo;

a morte e o dinheiro perderão seus mágicos poderes e nem por falecimento nem por fortuna o canalha será transformado em virtuoso cavaleiro;

ninguém será considerado herói ou pascácio por fazer o que acha justo em lugar de fazer o que mais lhe convém;

o mundo já não estará em guerra contra os pobres, mas contra a pobreza, e a indústria militar não terá outro remédio senão declarar-se em falência;

a comida não será uma mercadoria e nem a comunicação um negócio, porque a comida e a comunicação são direitos humanos;

ninguém morrerá de fome, porque ninguém morrerá de indigestão;

os meninos de rua não serão tratados como lixo, porque não haverá meninos de rua;
os meninos ricos não serão tratados como se fossem dinheiro, porque não haverá meninos ricos;
a educação não será um privilégio de quem possa pagá-la;
a polícia não será o terror de quem não possa comprá-la;
a justiça e a liberdade, irmãs siamesas condenadas a viver separadas, tornarão a unir-se, bem juntinhas pelas costas;
uma mulher, negra, será presidente do Brasil, e outra mulher, negra, será presidente dos Estados Unidos da América; e uma mulher índia governará a Guatemala e outra o Peru;
na Argentina, as *loucas* da Praça de Maio serão um exemplo de saúde mental, porque se negaram a esquecer nos tempos da amnésia obrigatória;
a Santa Madre Igreja corrigirá os erros das tábuas de Moisés e o sexto mandamento ordenará que se festeje o corpo;
a Igreja também ditará outro mandamento, do qual Deus se esqueceu: "Amarás a natureza, da qual fazes parte";
serão reflorestados os desertos do mundo e os desertos da alma;
os desesperados serão esperados e os perdidos serão encontrados, porque eles são os que se desesperaram de tanto esperar e os que se perderam de tanto procurar;
seremos compatriotas e contemporâneos de todos os que tenham vontade de justiça e vontade de beleza, tenham nascido onde tenham nascido e tenham vivido quando tenham vivido, sem que importem nem um pouco as fronteiras do mapa ou do tempo;
a perfeição continuará sendo um aborrecido privilégio dos deuses; mas neste mundo fodido e trapalhão, cada noite será vivida como se fosse a última e cada dia como se fosse o primeiro.

Créditos dos textos e das traduções

livros: Os textos da presente antologia foram retirados dos seguintes

Vagamundo. Trad. Eric Nepomuceno, L&PM Editores, 1999 [Originalmente publicado em 1973]
Cinzas; Cerimônia; O monstro meu amigo; O pequeno rei vira--lata; Eles vinham de longe; Homem que bebe sozinho; A garota com o corte no queixo [Trad. Sérgio Karam]; A terra pode nos comer quando quiser; O resto é mentira; Mulher que diz tchau; Noel

La canción de nosotros (1975)
Andares de Ganapán; A máquina [Trad. Sérgio Karam]

Dias e noites de amor e de guerra. Trad. Eric Nepomuceno, L&PM Editores, 2001 [Originalmente publicado em 1975]
Carpentier; O sistema; O sistema/2; A viagem; O vento na cara do peregrino; Essa velha é um país; Introdução à História da Arte; Calella de la Costa, julho de 1977: A feira; Calella de la Costa, junho de 1977: Para inventar o mundo cada dia; A terceira margem do rio; As impressões digitais; Os filhos; Buenos Aires, março de 1976: Os negrores e os sóis; Um esplendor que demora entre minhas pálpebras

Memória do fogo, volume 1. Os nascimentos. Trad. Eric Nepomuceno, L&PM Editores, 1997 [Originalmente publicado em 1982] 1493, Ilha de Santa Cruz: Uma experiência de Miquele de Cuneo, natural de Savona; 1523, Cuzco: Huaina Cápac; 1525, Quetzaltenango: O poeta contará às crianças a história desta batalha; 1525, Tuxkahá: Cuauhtémoc; 1542, Rio Iguaçu: A plena luz; 1562, Maní: Se engana o fogo; 1564, Bogotá: Desventuras da vida conjugal; 1605, Lima: A noite do Juízo Final; 1655, San Miguel de Nepantla: Juana aos quatro anos; 1658, San Miguel de Nepantla: Juana aos sete anos; 1663, Margens do Rio Paraíba: A liberdade; 1667, Cidade do México: Juana aos dezesseis; O amor; O falar; O medo; A autoridade; A criação; As cores; Um sonho de Juana

Memória do fogo, volume 2. As caras e as máscaras. Trad. Eric Nepomuceno, L&PM Editores, 1997 [Originalmente publicado em 1984] 1701, São Salvador, Bahia: Palavra da América; 1701, Vale das Salinas: A pele de Deus; 1711, Paramaribo: Elas levam a vida nos cabelos; 1739, New Nanny Town: Nanny; 1760, Bahia: Tua outra cabeça, tua memória; 1774, San Andrés Itzapan: *Dominus vobiscum*; 1778, Filadélfia: Se ele tivesse nascido mulher; 1796, Ouro Preto: O Aleijadinho; 1820, Paso del Boquerón: Artigas; 1824, Montevidéu: Crônicas da cidade, a partir da poltrona do barbeiro; 1830, Rio Magdalena: Baixa o barco rumo ao mar; 1851, Latacunga: El loco; 1853, La Cruz: O tesouro dos jesuítas; 1853, Paita: Os três; 1865, Washington: Lincoln; 1870, Cerro Corá: Elisa Lynch; 1870, Cerro Corá: Solano López; A criação segundo John D. Rockefeller; A Pachamama; Os amantes; Para entender o inferno; Peregrinação na Jamaica; Promessa da América; E se por acaso perdes a alma...; O senhor

Memória do fogo, volume 3. O século do vento. Trad. Eric Nepomuceno, L&PM Editores, 1998 [Originalmente publicado em 1986] 1908, Caracas: Bonecas; 1911, Campos de Chihuahua: Pancho

Villa; 1913, Campos de Chihuahua: Numa dessas manhãs me assassinei; 1914, Montevidéu: Delmira; 1916, Buenos Aires: Isadora; 1934, Manágua: Filme de terror: roteiro para dois atores e alguns extras; 1945, Princeton: Os olhos mais tristes; 1950, Rio de Janeiro: Obdulio; 1957, Sucre: São Lúcio; 1961, Havana: Maria de la Cruz; 1967, Houston: Ali; 1968, Cidade do México: Revueltas; 1968, Cidade do México: Rulfo; 1969, Lima: Arguedas; 1974, Yoro: Chuva; 1976, cárcere de liberdade: Pássaros proibidos; 1979, Granada: As comandantes; 1983, Lima: Tamara voa duas vezes; 1984, Paris: Vão os ecos em busca da voz; 1984, Favela Violeta Parra: O nome roubado; 1984, Rio de Janeiro: Desandanças da memória coletiva; 1984, Tepic: O nome encontrado; Alguém; O teatro dos sonhos; Exu; A função da arte/3; Os diabinhos de Ocumicho; Os gamines; Os chapéus; Maria Padilha; Niemeyer; Paisagem tropical; Sobre a propriedade privada do direito de criação; Vargas

O livro dos abraços. Trad. Eric Nepomuceno, L&PM Editores, 1999 [Originalmente publicado em 1989]
Amares; Celebração da amizade; Celebração da fantasia; Celebração da voz humana; Celebração das bodas entre a palavra e o ato; Celebração das contradições; Celebração da coragem/1; Celebração da coragem/2; Crônica da cidade de Havana; Definição da arte; O avô; O ar e o vento; A arte para as crianças; O céu e o inferno; O mundo; O parto; O exílio; O regresso; O sistema/3; O sistema/4; A alienação; A burocracia; A casa das palavras; A desmemória; A festa; A função da arte/1; A função da arte/2; A função do leitor; A noite/1; A noite/2; A pequena morte; A última cerveja de Caldwell; A uva e o vinho; As formigas; Os adeuses; Os ninguéns; Neruda; Nomes; Notícias; Onetti; Outra avó; Paradoxos; Ressurreições; Causos; Teologia/1; Teologia/2; Teologia/3; Eu, mutilado capilar

Ser como ellos (1992)
Dicionário da Nova Ordem Mundial (imprescindível na carteira das damas e no bolso dos cavalheiros) [Trad. Sérgio Karam]

As palavras andantes. Trad. Eric Nepomuceno, L&PM Editores, 1994 [Originalmente publicado em 1993]
História do outro; Janela sobre a arte; Janela sobre a cara; Janela sobre a herança; Janela sobre a história universal; Janela sobre a memória; Janela sobre uma mulher

De pernas pro ar. A escola do mundo ao avesso. Trad. Sergio Faraco, L&PM Editores, 1999 [Originalmente publicado em 1998]
O direito ao delírio; Latino-americanos; Somos andando; Pontos de vista

Bocas do tempo. Trad. Eric Nepomuceno, L&PM Editores, 2004 [Originalmente publicado em 2004]
Assaltado assaltante; O silêncio; A viagem; Palavras perdidas

Espelhos. Trad. Eric Nepomuceno, L&PM Editores, 2008 [Originalmente publicado em 2008]
Adeus; O nome mais tocado; Hinos; Humaninhos; Inventário geral do mundo; As idades de Ana; Perigo no caminho

Os filhos dos dias. Trad. Eric Nepomuceno, L&PM Editores, 2012 [Originalmente publicado em 2012]
Fevereiro, 7: O oitavo raio; Fevereiro, 19: Pode ser que Horacio Quiroga tivesse contado assim sua própria morte; Abril, 5: Dia da luz; Abril, 21: O indignado; Maio, 4: Enquanto a noite durar; Maio, 15: Que amanhã não seja outro nome de hoje; Junho, 9: Sacrílegas Junho, 10: Um século depois; Junho, 15: Uma mulher conta; Junho, 29: O Logo Aqui; Julho, 11: A fabricação de lágrimas; Agosto, 29: Homem de cor; Setembro, 7: O visitante; Outubro, 14: Uma derrota da Civilização; Outubro, 30: Os marcianos estão chegando!; Novembro, 2: Dia de Finados; Novembro, 6: O rei que não foi; Dezembro, 17: O foguinho; Dezembro, 19: Outra exilada